ANNI PANDEMICI

Karen Lojelo

ANNI PANDEMICI

Karen Lojelo

ANNI PANDEMICI

Karen Lojelo

RACCOLTA

ANNI PANDEMICI

Karen Lojelo

ANNI PANDEMICI

Karen Lojelo

ANNI PANDEMICI

Karen Lojelo

Codice ISBN: 9798846124394
Casa editrice: Independently published

A tutti quelli che si sono salvati da soli

QUALCOSA DA SALVARE

(Per i miei figli)

Ho finito
i posti in cui scappare
i sogni solo da sognare
non ho più niente da aspettare
se non la prossima vacanza
il tempo sta passando sul mio viso

Il disincanto ha appena attraversato la strada
ma in fondo non mi ha mai avuto
che ci faccio qui?
ho di nuovo sbagliato tutto?

Ma poi vi guardo:
tre pezzi di me
ma perfetti
non avete i miei occhi
ma forse il mio sorriso
quello che ho perso tante volte nelle stazioni
e nei cambi di stagione
ogni volta l'ho ritrovato guardandovi
devo averlo già scritto...

L'Amore è solo questo:
ha piccole mani che diventeranno grandi

Voi lo state già facendo
mi siedo e respiro di nuovo
non ho sbagliato tutto
voi siete il meglio di questo mondo
qualcosa da salvare
la luce in fondo al pozzo
e forse
non ho mai voluto altro.

INTRODUZIONE

Ho passato due anni a pensare che non ero riuscita a scrivere un altro romanzo. Poi all'improvviso mi sono accorta che avevo scritto tante cose, tante cose tutte a pezzi, perché forse tutti noi anche se partiti interi ci siamo ritrovati frammentati.

Anche i più forti, i più equilibrati, quelli che tutto sommato avevano il loro mondo in cui rifugiarsi come noi artisti, scrittori, sognatori.

Bene o male ci siamo ritrovati a fare i conti con il mondo reale e quello che accadeva.
Tutto è cambiato, la nostra percezione delle cose, le amicizie, gli amori, il modo di vedere il mondo e anche di affrontarlo.

Forse ci siamo ritrovati delusi da persone che avevamo sempre stimato molto.
Magari stupiti invece da persone su cui non avremmo mai scommesso.
Come se il mondo all'improvviso girasse al contrario.

E poi il tempo, il tempo sembrava dilatarsi e andare lentissimo ma in realtà come diceva Ungaretti… faceva subito sera.
Tutto è cambiato. Per ognuno in modo diverso, al di là di 'da che parte si fosse', al di là se in bene o in male, è cambiato.

Questo libro è una raccolta sulla scia del mio precedente 'Margherita'. In un mix tra prosa e poesia.
Racconti, voci, pensieri e riflessioni, che parlano la lingua delle città in cui ho vissuto e delle emozioni che secondo me cambiano a secondo del luogo in cui si vivono.

Per questo motivo il libro è diviso in sezioni che portano i nomi di quelle città.

In aggiunta come special guest una sezione dedicata a Margherita, il mio personaggio storico che per me è tutte le città del mondo.

Ma non si parla solo di pandemie e guerre, no.
Per me sono questi anni che sono stati pandemici, non un virus, non una malattia fisica, ma il modo in cui quello che è successo ha dilagato in tutti gli aspetti delle nostre vite. Non vi aspettate un saggio su una pandemia quindi.
Di quelli ne scriveranno anche troppi.

Aspettatevi emozioni, semplicemente condizionate da quello che accadeva attorno.

La vita scorreva, quella di ognuno di noi, all'inizio nemmeno ci siamo accorti forse, qualcuno di noi era felice, innamorato, ha avuto più tempo per scrivere, dipingere, pensare, stare in famiglia.

Qualcuno forse ha finalmente capito invece che era nella vita sbagliata. Speravamo che fosse qualcosa che sfumasse e avremmo dimenticato.

Ma intanto vivevamo, almeno nella mia bolla.
Amavamo e cercavamo di trovare il meglio nel peggio fino a che la realtà non ci ha sovrastato.

Margherita quindi ha continuato a scrivere. Forse tanti personaggi dei miei libri hanno continuato a dire la loro, a raccontare le loro storie in piccoli sfoghi che come polaroid veloci si aprono sulle loro vite in questo libro.

Hanno continuato a parlare dei loro amori, delle amicizie, della loro vita e anche direttamente a volte a dare la loro opinione su quello che stava accadendo nel mondo.

Questo libro è questo: tanti piccoli spiragli nelle emozioni quotidiane.
Uno squarcio su come tutto quello che ci succedeva dentro è stato influenzato da quello che succedeva fuori.

Sono testi scritti negli ultimi due anni per lo più, altri più vecchi e inediti ma rielaborati per questo progetto nella mia testa.

Per chi vorrà trovarlo, forse, c'è un filo conduttore. Ma questo libro potete leggerlo anche aprendo una pagina a caso perché ogni pezzo dura una pagina o poco più, potete usarlo come fosse un gioco per vedere cosa vi dice o leggerlo al contrario dalla fine all'inizio.

Decidete voi.

NOTA DELL'AUTORE

L'Italia ai tempi del covid e della guerra russa: la vergogna di vivere qui dovrebbe essere insostenibile.

Penso a quei pochi programmi tv da sempre ammirati da tutti, perfino dal mainstream, perché ancora facevano un giornalismo serio, quelli che sono finiti sotto accusa, quei pochi ufficiali che ancora avevano una dignità.

E pensare che siamo nei tempi in un cui ogni minoranza ha il diritto di essere difesa e far sentire la sua voce.

Negli assurdi tempi del politicamente corretto che a mio avviso sta degenerando nell'assurdo.
E forse è anche questo il problema: ci preoccupiamo dei diritti più sui generis, (giustamente forse?) ma perdiamo di vista quelli fondamentali senza rendercene conto.

Chi dice la sua su questi anni pandemici o sulla guerra diventa immediatamente il male assoluto, perché qualcuno lo ha deciso.
Se questo è un paese democratico…
Eppure io non ho mai visto proteste più belle di quelle di questi anni. Erano poche, ma belle.

Mi sono chiesta come mai non siano state piene le piazze di tutto il paese. A marzo 2020 tutto aveva un senso. Forse sono state fatte delle scelte giuste non sapendo, non conoscendo, a tutela di tutti… (ormai ci credo poco ma è possibile) ma oggi, dopo tutto quello che ora sappiamo, si potevano fare altre cose.

Non esiste giusto e sbagliato ma esistono sentimenti e punti di vista che vengono difesi con grazia e poesia. E secondo me certe voci andavano ascoltate perché non urlavano, ma cantavano.

Forse quelle erano le persone che hanno riscoperto l'amore e hanno cercato di far tornare di moda l'umanità. Ho sperato ci riuscissero.

Forse quei pochi erano le persone che sono ancora capaci di sperare e sognare e creano nuovi mondi possibili con la loro bellezza. Che ascoltano le vocine che gli parlano dentro e non sanno non seguire le loro sensazioni. E chi è sordo non li vedrà mai.

In un mondo in cui le mode guidano le coscienze sarebbe bello se tornasse di moda la gentilezza, la bontà d'animo, la semplicità, la bellezza.

Dovremmo prendere come esempio persone che ti fanno venire voglia di regalargli delle rose invece di urlare e lamentarsi inneggiando sempre alla rabbia.

Dovrebbe tornare di moda l'amore, ma siamo passati per il 2021: l'anno delle libertà negate. Dove si faceva finta di concederne altre.

'Ci vorrebbero quei ragazzi del '68', continuavo a ripetermi nei mesi che si succedevano lenti e veloci, ci rivorrebbero gli anni settanta, quei ragazzi, quel coraggio, quella voglia di libertà e di giustizia che forse non siamo stati in grado di insegnare ai nostri figli e che noi abbiamo dimenticato. Perché pensandoci bene è proprio quella generazione che ha prodotto tutto questo?

Dove abbiamo sbagliato?
E non è solo l'economia che crolla ed è crollata.
Abbiamo accettato in silenzio di dover stare a casa alle dieci di sera.

E questa è solo una delle cose che mi fanno pensare che una volta ci si ribellava per molto meno, forse, un po' di sana eresia manca.

Quello slogan del sessantotto: vogliamo pensare, ecco cosa manca, la capacità di usare la propria testa, abituati e assuefatti dalla tendenza predominante che ci preconfeziona punti di vista in cui ci hanno insegnato a rispecchiarci.

Fazioni politiche che sanno solo litigare tra loro senza portare mai un pensiero concreto e noi ci comportiamo come se dovessimo essere per forza d'accordo con uno o con l'altro quando abbiamo una testa per poter formulare un nostro pensiero unico. Senza renderci conto che la politica non esiste quasi più, non in primo piano almeno, solo gente che litiga, non c'è destra o sinistra ma interessi. Gli ideali? Sui vecchi libri impolverati che pochi aprono ancora.

Sicuramente sono di parte perché scrivo, ma si legge troppo poco, ci mancano le parole per pensare come prevedeva Orwell nel suo 1984, il vocabolario attivo in Italia è sceso drasticamente da quegli anni, lui da visionario qual era immaginava una neolingua creata da un governo totalitario in cui le parole venivano cancellate dal dizionario che di anno in anno diveniva più povero perché l'ignoranza è la forza del potere, così scriveva George Orwell. E anche se non è ufficiale ci stiamo arrivando. Il vecchio tubo catodico in ottima compagnia dei giornali offre solo spazzatura, ci si salva con qualche serie tv sulle piattaforme on demand, ma non è abbastanza.

Mai come oggi credo di aver scritto un libro, prima di questo, adatto al momento storico, dove rileggo frasi come: 'Ci sono poteri contro i quali non si può combattere, qui non siamo in una favola, dove alla fine vivranno tutti felici e contenti, questo è il mondo reale, e qui i cattivi vincono e i buoni vengono mangiati dai mostri.' Questa frase è tratta dal mio thriller 'Matrioska' uscito a settembre 2021 ma finito di scrivere in tempi non sospetti.

A ogni modo la vita ha continuato a scorrere per ognuno di noi, nel privato anche se le priorità personali, attraversando questi anni, sono cambiate.

Eppure spero ancora che, come dopo ogni grande crisi, ci sia ancora posto per far rifiorire la cultura, l'arte, la poesia.

C'e bisogno di così tanta poesia nel mondo…

Ci vorrebbero i grandi classici, dei bei mattoni della letteratura mondiale rifilati a scuola e invece hanno perfino tolto il tema dalle prove di Italiano, ora si fa la comprensione del testo. Non devi pensare, devi a malapena capire quel poco che io voglio farti capire.

Sembrano recitare questo come sottotesto sul piccolo schermo e ahimè perfino sui giornali. Non sono così vecchia ma lo so che c'erano gli sceneggiati tratti da Guerra e Pace in tv a quell'epoca e ora… ora perfino al telegiornale si usano quei pochi vocaboli in un italiano a dir poco elementare, quando non è proprio sbagliato, oppure il 'politichese', lingua neomoderna che usa paroloni all'apparenza, ma contestualizzati male e dal significato complessivo inesistente.

Come possiamo pensare se non abbiamo abbastanza parole per farlo? E la colpa non è di questi giovani, di questa generazione, ma del mondo in cui li abbiamo messi a vivere ignorando un giorno alla volta il livello culturale generale che collassava.

Una generazione a cui non si sta rubando il futuro, ma il presente. Spero ancora, da inguaribile romantica quale sono, che il futuro se lo riprenderanno. La storia insegna che dopo una grande crisi c'è un boom artistico e culturale. Forse toccando il fondo improvvisamente capiranno cosa gli manca e allora se la prenderanno con noi e avranno ragione.

Per le feste rubate, gli anni migliori in cui hanno dovuto sopportare parole come lockdown e coprifuoco sentendosi accusati di preoccuparsi solo di divertirsi. Per aver provato perfino a rubargli dalle scuole la letteratura russa che forse è la migliore che esiste.

Noi ci siamo divertiti però alla loro età. E i fidanzati li vedevamo quando volevamo, e avevamo modo di parlare, pensare e giudicare ciò che non andava o non ci sembrava bello.

E vi assicuro, anche se sembrano sconfitti o poco interessati le vedono le incongruenze, lo capiscono che non avranno un futuro se non cambia qualcosa, prima o poi mi auguro che si accorgano che forse devono essere proprio loro a farlo, perché la nostra generazione ha perso.

Io ormai vedo solo tanta incongruenza e mi chiedo se siamo in mano a gente davvero così impreparata che nemmeno dalla scuola degli inetti poteva uscire oppure se avevano ragione i complottisti… forse ambedue le cose sempre in quella famosa linea di mezzo in cui si trova ciò che più si avvicina alla verità.

Ma filosoficamente parlando la verità resta un fatto soggettivo. Forse nemmeno più chi ha le mani in pasta sa più cosa è vero e cosa gli serviva dire fosse vero.

Così, solo una riflessione ad alta voce, anzi stampata su questa carta, che rimarrà solo un grande punto interrogativo.
Si poteva fare tutto in maniera diversa?

Mentre per un anno abbiamo fatto finta fosse normale avere un orario di coprifuoco, poter andare a scuola ma non a prendere un caffè per non far fallire tutti i bar, e vedere un amico, poter andare dal parrucchiere in determinate fasce di colore ma mai a fare una cena al ristorante, mentre la generazione dei teen- ager non avrà mai più i suoi 16 o 17 anni e tutte le feste che gli sono state negate.

Sapere che esistevano dei protocolli sanitari per le cure a casa ma che non sono stati usati e si spingeva su dei vaccini 'che forse boh… speriamo bene…', mentre continua il conteggio dei 'contagiati' ogni sera al Tg ma nessuno dice quanti di questi sono asintomatici né si parla mai veramente dei danneggiati da vaccino.

Vi farò una confessione, ho ceduto, per lavorare, feci all'ultimo momento la prima dose, lì mi sono fermata perché la conseguenza è stata una corsa al pronto soccorso e miocardite di cui ancora porto gli strascichi. Ma io sono stata fortunata, molti sono morti.

Intanto in questi mesi, se a scuola di tuo figlio risultava un positivo, i bambini stavano in quarantena ma i genitori potevano uscire, ovviamente fino a che (dieci giorni dopo) non si aveva l'esito del tampone. E intanto a Pasqua siamo stati tutti a casa a meno che non avessimo i soldi per fare un bel viaggio all'estero.

E l'Italia fallisce ancora ai tempi del covid e dell'assurda guerra voluta veramente da chi prima di tutti?

Mentre chi è più debole per patologie pregresse o altro continua a morire, mentre i vaccinati continuano ad ammalarsi.

Mi sembra che questi metodi non siano serviti a nulla e come scrive divinamente Baricco nel suo approfondimento su questa situazione assurda: 'per paura di morire ci siamo abituati a non vivere più'.

E intanto io ho scritto questa raccolta di pensieri e racconti su questi anni pandemici cercando di mantenere la poesia… ed eccoli qui…

Buona lettura

ANNI PANDEMICI

Questi anni
pandemici
contagiosi
hanno preso tutto il posto che c'era
si sono impadroniti del presente
hanno spazzato via il passato
e annientato il futuro

Questi anni scaltri
e lenti
e veloci
e incessanti
questi anni ingannatori
bugiardi
crudeli
questi anni che come un virus hanno infettato amori
amicizie progetti e sogni

Questi anni senza educazione
senza chiedere permesso

Questi anni ingannevoli e sfuggenti
e così pesanti
hanno mangiato via le parole
hanno rubato gli occhi

Appeso cuori a catene di ferro

staccandoceli dal petto

Questi anni che nessuno ci ridarà indietro
ma nemmeno li rivorremmo per noi
per noi no
noi che avevamo già visto tutto

Per loro magari
quei figli di questi anni
che hanno conosciuto solo questo
dietro maschere di carta
come fotografie
con il filtro color sangue

Questi anni pandemici
come il nulla che dilagava nei nostri libri adolescenti
hanno inghiottito menti
e calpestato slanci

Questi anni che ci hanno illuso di diventare migliori
mentre ci portavano via il bagliore dagli occhi
strappandoceli con le unghie

E non era una malattia
no
era un olocausto di anime
un gioco al macello
uno sterminio dei sentimenti

E quando potrai riavere la tua libertà
saprai che fartene?

ROMA

PEZZI DI TUTTO

Incarto pensieri in sacchetti monouso cercando di riporli in angoli nascosti ma me li ritrovo sempre sparsi per la stanza.
Certi giorni sembrano voler mettere ordine in tutto quello che ordine non ha mai avuto.

Forse ho un rullino fotografico al posto della mente, una pellicola che registra tutto e poi si incastra sempre sulle stesse scene che mi si ripropongono a ripetizione.
Maledetto vizio quello di ricordare, quello di voler dare un senso a tutto anche quando il prima e il dopo camminano su binari differenti.

Questa mia abitudine a complicare le cose semplici, perché le cose semplici non mi sono mai piaciute, o forse mi sono piaciute talmente tanto che lo ho volute vedere complicate.
Un riflesso incondizionato quello di cercare quel velo di malinconia anche quando per lei non c'è posto.
Perché senza malinconia sembra manchi la poesia.

E mentre guardo domani che potrebbe splendere di luce propria mi immagino come sarà capace di distruggerlo e di farne schegge di vetro che mi si infileranno dappertutto, nei giorni di pioggia naturalmente, perché in quelli di sole mi dimentico sempre di essere triste.

Ho una memoria selettiva, che seleziona emozioni secondo le condizioni meteorologiche... che poi ci sono stati giorni di pioggia che mi sono piaciuti talmente tanto da sentire il cuore scricchiolare di gioia al punto che avevo paura franasse.

Ho imparato a essere felice in maniera controllata ora, per le piccole cose come i raggi di sole clandestini tra le nuvole, certo è che la felicità incontrollata sotto il temporale… beh quella era un'altra cosa.

Il problema è che non ricordo più come si leva il freno a mano, deve essersi incastrato come la pellicola che s'incastra sempre nello stesso punto e io rivedo pezzi di ieri sempre in tutti i miei possibili domani.

Pezzi di tutto, ho pezzi di pensieri, pezzi di sogni, pezzi di speranze, pezzi di cuore e pezzi di anima, ho tagliato tutto a pezzi perché era troppa roba e intera non ci stava più dentro.

QUELLA CHE ERO

E mi viene in mente tutto quel tempo passato nelle sale d'attesa a contare minuti e metterli da parte credendo che prima o poi mi sarebbero tornati utili, mi vengo in mente io, quella che ero, tutte quelle che sono stata e che credevo sarebbero rimaste.

Le mie convinzioni che cambiavano con lo scorrere del tempo, con gli avvenimenti e le immagini che catturavano i miei occhi. Tutte le strade calpestate e quelle dove camminavo in punta di piedi per paura di pestare qualcosa di fragile e prezioso.

Le briciole messe nelle tasche nell'ipotesi un giorno avessi preso un sentiero oscuro da dove non avrei saputo ritornare.

Tutte le porte lasciate socchiuse perché non si sa mai, o perché non trovavo mai le chiavi per chiuderle.

L'ultima versione di me, dopo un'accurata correzione di bozze durata quasi una vita, le attente riletture di tutti i passaggi e la loro possibile interpretazione da parte mia o di qualche lettore distratto o comunque poco attento. Già, quello che ero diventata fino a quello che sembra ieri soltanto.

Il disincanto, la paura, lo stordimento, poi il nuovo coraggio.

Tutto quel camminare svelto, il terrore di un altro salto… e poi i salti nel vuoto con gli occhi aperti tanto peggio di così dove vuoi che finisco. Quel mio voler provare tutto, tanto per vedere com'è, tanto per vedere se sopravvivevo lo stesso.

Ho sbagliato strada mille volte e le briciole non erano mai abbastanza per tornare indietro, ho persino perso il filo del discorso molto spesso, ma in fondo mi ripeto che importa, sono qui adesso.

COME ERAVAMO

Mi piace pensarci ancora lì, su quel letto, stanchi, esausti e vivi. Ancora lì a ridere, con tutte quelle parole da leggere e i nostri sguardi nudi, i cuori intatti e puri, pieni, pulsanti di sangue che sarebbe bastato un solo graffio per farci morire dissanguati; sarebbe zampillato fuori come un pozzo di oro nero.

Mi viene naturale pensare, a volte, che saremo lì per sempre, che lì non passerà mai il tempo, né il vento né nessun altro.

Forse è così, quella parte di noi resta là; niente potrà toccarla, spostarla, cambiarla, portarla via da quel piccolo pezzo, perfetto, di mondo che ci è appartenuto più di qualsiasi altra cosa, per un momento.

In fondo è così, ci siamo lasciati lì, dimenticati di noi, ci siamo alzati da quel letto e siamo andati via ognuno per la sua strada a camminare senza meta, senza tutta quella vita che ci dormiva addosso.

Siamo andati via, a vivere ancora, a vivere altro senza più forse tutto quello slancio; con occhi nuovi e ben vestiti e i piedi ben piantati in terra, con un cuore elettrico per respirare almeno e sopravvivere a tutta quella vita rimasta ferma ad aspettare noi.

Ma sì, forse siamo ancora lì, mentre mezzi morti qui fingiamo di partecipare. Del resto dicono l'importante non sia vincere.

Forse è per questo che stiamo a guardare.

SE TU MI AVESSI AMATO

Già, tutto si riduce a questo.

Se tu mi avessi amato, non vagherei per il mondo a cercare pezzi di ricambio a questo cuore frantumato, non mi sentirei soffocare alla gola da una lastra di ghiaccio.

Se tu mi avessi amato, avrei dimenticato come si piange, e tutti quei ricordi tristi di notti troppo grandi per occhi troppo piccoli.

Se tu mi avessi amato, sarebbe stato facile, anche scalare questa montagna.

E tutte le montagne del mondo… anzi, lo avrei fatto sorridendo.

Se tu mi avessi amato, questo dolore non ci sarebbe, questo di oggi, che con te non c'entra niente, non ci sarebbe, tutte le cadute sarebbero sembrate comiche, e le salite… utili, divertenti… perfino facili.

Invece adesso ogni piccola ferita, ogni graffio, ogni inciampo, mi riporta lì, dove ti ho perso, anche questo tempo assurdo che tutti stiamo vivendo, ma ti ho perso? Forse non ti ho mai avuto… ma se tu mi avessi amato, non avrei tutta questa paura che ho, mi sentirei sicura, ci crederei ancora nei miracoli, i miracoli, mi viene in mente quella canzone tu che non credi ai miracoli, ma li sai fare, li sapevi fare tu i miracoli, e nemmeno te ne accorgevi, che era tutto lì, che non mi serviva altro, che non lo volevo, altro, di meglio, che meglio ai miei occhi non è mai esistito.

Più scavo indietro nel passato, più indietro vado, e più trovo te, sempre, anche prima che arrivassi, c'era l'attesa di te, dopo, dopo non c'è stato altro che il tuo ricordo.

Ma tutto si riduce ad un punto di vista, vedi, è così la vita, e questo è solo il mio, il mio punto di vista. Se tu mi avessi amato.

Invece senza volerlo mi hai fatto così male che anche se mi amassi ora, forse, non basterebbe, non mi fiderei più nemmeno di te, ho pezzi sparsi, sparsi dappertutto, in pezzetti talmente piccoli che non ritrovo il verso, e non c'è colla che tenga.

Eppure aspetto, eppure ancora cerco. Istinto di sopravvivenza, è solo questo adesso.

Certi giorni ti trovo perfino sul fondo del cassetto di un armadio nuovo, mai aperto prima, sei sempre lì, che mi guardi da lontano, ma sempre troppo vicino.
Ah… ma se mi avessi amato, avrei rifatto il letto ogni giorno, sorridendo, avrei guardato il mondo dall'alto, pensando che tutto aveva un senso.

Forse, sarebbe stato tutto diverso, sì, meglio di adesso.

Se tu mi avessi amato.

FERMO IMMAGINE

Ho ricordi a scorrimento veloce con qualche fermo immagine che conta.

Ci vorrebbero fotografie a parlare per me. Fotografie di quei momenti in cui i miei occhi hanno visto e guardato quello che davvero avevano di fronte, smettendo di ricordare giorni migliori, perché il migliore di tutti stava accadendo proprio lì, in quel momento…

In tutte le fotografie ci saresti sempre, anche tu, con gli stessi occhi che non sono mai cambiati.

Il rumore di ogni tuo sguardo, il suono della tua mano, quella risata tenuta stretta, immagini che non si sanno raccontare.

Forse c'è ancora da raccontare di me, di quante volte avrei voluto che finisse tutto in quel preciso istante perché nulla di meglio sarebbe mai potuto accadere, di quante volte ho pensato se morissi adesso… sarebbe perfetto, morire così con tutta questa felicità addosso senza dover vedere altro che non mi basterebbe.

Ma nonostante questo, altro è sempre arrivato. Come adesso.

Questo mondo ora è guasto. Avrei dovuto costruire più ricordi ancora da fermare nella mente.

E forse è in questi casi si dovrebbe pensare: dalla vita non potevo desiderare di meglio, in fondo il mio passato è ricco. Ho avuto tutto. Già… ma sarebbe dovuto finire il mondo, in uno di quei giorni, per non dover sopportare tutto il resto del tempo passato ad aspettare di sentirsi ancora così, così, come se tutto fosse ancora possibile, come se il tempo fosse un alleato nobile.

Così, con gli occhi chiusi su quel tramonto, non serviva guardarlo perché il sole tanto ce l'avevo dentro.

In quei momenti perfetti ritornavo bambina, come quando mio nonno mi faceva andare sott'acqua e mi diceva di trattenere il fiato, io chiudevo gli occhi e cercavo di fissare il momento, mi immaginavo in un giorno lontano, quando tutto sarebbe stato perfetto… serravo le palpebre e stringevo forte i pugni pregando un dio che ormai do per scontato non esista, ti prego, ti prego, almeno fammi ricordare tutto.

NOI

Noi, che viaggiamo sempre con un dolore accanto, seduto al fianco, un compagno fedele che non ci ha mai abbandonato, che sorridiamo ai passanti, che ci sentiamo soli al centro dell'attenzione, e a volte più in compagnia di fronte ad un panorama.

Noi che cerchiamo sempre quella mano da stringere in mezzo alla folla e non riusciamo a trovarla, noi che i giorni tristi tutto sommato passano, ma è in quelli felici che ci manca qualcosa.

Noi che abbiamo sempre un sorriso, ma dietro c'è un velo, qualcosa che appartiene solo a noi, noi che a volte ci riconosciamo in un altro sguardo, e allora respiriamo perché non abbiamo più bisogno di dare spiegazioni, noi che riconosciamo chi ci assomiglia, e ci sembra un miracolo, noi, che abbiamo qualcuno che portiamo sempre nel cuore e non ci lascia mai, che abbiamo memorizzato uno sguardo, che non siamo più capaci di dimenticare, noi che ci alziamo presto la mattina per vedere se è davvero un giorno nuovo.

Che abbiamo paura eppure tentiamo tutto, e guardiamo fino all'ultima carta. Noi che domani è già oggi e continuiamo a correre per non arrivare tardi, che siamo caduti mille volte, ma continuiamo a rialzarci, che ci hanno ferito, ma non portiamo rancore, noi che ci commuoviamo davanti a una stella, e ogni mattina potrebbe essere quella giusta, che teniamo gli occhi aperti cercando di meglio, ma sappiamo già quello che per noi sarebbe meglio.

Noi che crediamo ancora a tutto, e alla fine i nostri sogni si realizzano quasi sempre, che rischiamo troppo, ma domani è un altro giorno, che le monete si spendono, e non riusciamo a tenere un salvadanaio, che spremiamo ogni giorno, come se fosse l'ultimo, che urliamo contro il muro, ma poi si riparte sempre, noi che ci sentiamo di non avere scelta, e poi ne troviamo altre cento, noi che certi giorni vorremmo solo un abbraccio, che quando siamo felici ci viene ancora più da piangere, perché ci ricordiamo il prezzo.

Noi che non abbiamo bisogno di nessuno, ma ci piacerebbe tanto, noi che pensiamo troppo, e ci diamo troppe possibili risposte, che vogliamo tutto, e sappiamo che in realtà ci basterebbe così poco.

Noi che ci sentiamo sempre diversi, e poi alla fine siamo uguali a tanti, noi, che un attimo saltiamo di gioia e un attimo dopo riusciamo a distruggerla, che abbiamo bisogno di qualcosa da inseguire sempre, eppure ci piacerebbe tanto prenderla una volta e fermarci solo a stringerla.

Noi che abbiamo avuto tutto, e ogni volta ci sembra non ci rimanga niente, se non quel silenzioso passeggero sempre presente, un dolore silenzioso e costante, che nei giorni di luce assomiglia più a un tesoro, un patrimonio impagabile, che è la nostra tortura e la nostra più grande fortuna.

Karen Lojelo

ABBIAMO CICATRICI FONDE

E ferite aperte in cui infilarci le dita a vicenda per misurare la vita sul metro del dolore.

Abbiamo occhi affogati dal tempo che vedono acqua dappertutto...
E orecchie abituate al canto delle sirene pur sapendo che l'abitudine non può impedirci di impazzire.

Lasciamo sassi indietro per poter andare avanti e ci aggrappiamo a quel ricordo di un urlo sordo, per ricordarci che nonostante tutto, abbiamo continuato a seminare passi saldi.

Abbiamo un'anima di vetro, alla portata di tutti, che se cade va in frantumi e noi continuiamo a giocarci a palla e un mezzo cuore sepolto sotto le rovine che ancora pulsa sangue e resiste, calpestato dal passo distratto di chi vede solo foglie, dista anni luce da noi che lo cerchiamo ancora dentro un armadio e ci è rimasta solo la pelle per sentire; camminiamo su nuvole di fumo e scendiamo a terra ogni tanto per avere una parvenza di normalità come chi ride e sa parlare anche di niente.
Abbiamo lasciato unghie sui muri e lacrime ad annaffiare l'asfalto e consumato le mani pregando un dio troppo impegnato evidentemente in altro e abbiamo

camminato talmente tanto che arrivati alla meta riusciamo quasi a percepire solo lo sfinimento.

Abbiamo mani che tremano e vorrebbero tenere in equilibrio il mondo e talmente tanto freddo nelle ossa da aver voglia di dormire in mezzo a un fuoco acceso.

Abbiamo speranze stropicciate e cadute che fa volare il vento e noi come una danza ci giriamo intorno per riportarle a terra.

Abbiamo ciglia umide e sguardi impauriti anche dietro un'armatura e fili intrecciati di ricordi e mani perse tra la folla.

SCUSA SE ME NE VADO

Scusa se me e vado, è che sono abituata a sentire freddo, e questo tuo starmi accanto faceva un po' di caldo, di quello che anestetizza i pensieri, come il torpore di un bagno caldo, che poi rischi di addormentarti nella vasca … e non si può, dicono sia pericoloso se ci stai tanto.

Scusa se me ne vado, avrei voluto fosse tutto diverso, forse ho sbagliato perché in fondo sapevo che non sarei rimasta e anche se te l'avevo detto, tu ci hai sperato lo stesso.

Scusa se me ne vado anche se a volte ti penso e mi manchi perfino, ma non è lo stesso, non è il tuo sentire, il mio è diverso.

Scusa se me ne vado ma sai c'è quel ricordo che mi porto addosso e mi ha macchiato dentro, nemmeno tu puoi lavarlo e io da qualche tempo sono una che non rimane mai abbastanza e continuo a ripetermi che domani è un altro giorno.

Scusa se me ne vado, vorrei saper restare e già so che ci sarà qualche giorno in cui mi andrà addirittura di tornare, ma non lo farò, perché ti farei ancora più male.

Quindi scusa se resto in silenzio quando parli troppo e io mi sento stupida a ripetere cose che ho già detto.

Scusa se sei arrivato in ritardo, e hai trovato un cuore blindato che non sapeva più parlare.

Scusami anche queste lacrime miste al tabacco che scendono senza chiedere permesso e in questo momento possono sembrare altro. Sono solo perdite di acqua, le tubature vecchie spesso lo fanno e le mie sono consumate e poi mi sa che ci piove dentro.

Scusa se ti guardo e a volte mi chiedo come sarebbe stato se fosse stato altro. E scusa di nuovo se adesso ti sento, che non avrei alcun diritto ma lo faccio lo stesso.

Scusa se nonostante questo bene affranto non so camminarti a fianco. Perdonami tu, anche per me, che io non riesco a farlo.

ME LO RICORDO DOMANI

Me lo ricordo domani. Come ricordo Ieri. I ricordi sono fotografie in bianco e nero e vecchie canzoni di Dalla e De Gregori, le notti passate a dormire su due sedie di legno in una pizzeria quando ero troppo piccola per restare sveglia.

I viaggi in macchina di notte l'estate per arrivare alla casa al mare dei nonni. L'odore della sigaretta che non usciva mai del tutto dal finestrino e io che tossivo e giuravo che non avrei mai fumato... ci ripenso adesso mentre compro tre pacchetti per esser certa di non restare senza.

Il mare sui piedi il primo giorno di vacanza, le due ore da aspettare dopo mangiato prima di entrare in acqua, mia nonna, le pesche 'percoche', i grilli che cantavano nei pomeriggi d'agosto e le prime piogge quando era bello infilarsi una felpa grigia col cappuccio dopo tanto caldo. Il primo giorno di scuola, la paura che nessuno venisse a prendermi all'uscita o che la campanella non suonasse mai.

Lo sguardo di mio nonno sulle scale ad aspettarmi.
Le domeniche a Villa Borghese quando i ragazzi più grandi suonavano per me con la chitarra 'nella vecchia fattoria' e io mi lamentavo e volevo De Andrè perché

ero abituata bene ed ero abituata ad essere grande in mezzo ai grandi e forse per questo mi sentivo fuori posto tra i bambini e in fondo lo ero anche tra i grandi e così ho continuato a sentirmi fuori posto tutta la vita.
Mio zio che mi chiamava 'bellicapelli', che i miei erano sempre lunghi, e se provavano a tagliarmeli urlavo e non volevo nemmeno pettinarli.

E mi ricordo domani, com'era dentro tutti quei sogni che facevo. Quanti ne ho immaginati di domani. Tutti grandi e lucenti, tutti perfetti e a colori, sognati dentro quelle favole che finivano con 'e vissero per sempre felici e contenti'.

E tutto il tempo passato ad aspettare che arrivasse quell'onda perfetta da cavalcare per poter dire era qui che volevo arrivare, quei sogni mi hanno tenuto in vita, ancora adesso, nonostante il disincanto che la vita mi ha insegnato a morsi.

Nonostante i sogni infranti e il peso di dover ammettere a volte di aver fatto gli stessi sbagli.
Quelli che giudicavo tanto in tutti quei finti 'grandi'.
Sono tra quelle che volevano provare tutto e l'hanno fatto.

Eppure quando sento certe canzoni ancora canto a squarciagola col finestrino aperto, mentre accendo un'altra sigaretta, e penso che in fondo tutto mi ha portato ad adesso.

Perfino il pianto e lo smarrimento e riguardando certe diapositive sulla spiaggia di Santa Marinella quando mi dicono che ormai sono grande rispondo tra me che no, non crescono mai quelle che forse non sono mai state piccole. Alzo il volume e sorpasso la macchina davanti. Me lo ricordo domani.

Eccolo, ora è qui davanti.

RIPOSA IN PACE

“Bella la lapide vero?”

Ma che bella, questa non ci sta più con la testa… ma può essere bella una lapide? Ma cosa gli dice la testa.

Mi ricordo al funerale, che continuava a dirmi: “Guarda che bella bara che abbiamo scelto, era quella che costava di più.” ma cosa doveva fare bella figura con i parenti? Nonno è morto, mi frega un cazzo della bara, della lapide e della corona di fiori. Io continuavo a piangere perché l’unica persona che era stata sempre presente a tenermi la mano non c’era più.

Ma lei continua mentre cerca la scopa per spazzare a terra, dice che quando piove lì davanti si riempie di foglie e sembra brutto lasciare tutto sporco. A chi, sembra brutto, mi chiedo.

“Pulisci bene con l’alcool lì sulla foto che non si vede più bene, hai visto che bello il colore del marmo…?”

“Sì nonna, è bello.”

Devo farla contenta, “Hai visto che bella foto che abbiamo scelto? Era bello nonno vero?” “Sì era bello.”

Era bello nonna. Sì lo era, era bello dentro, e ora non c'è più, non c'è più, è morto, andato, sparito, è finita.

Lui non c'è più e basta.

"Faccio dire una messa ogni mese adesso, mica mi dimentico di lui… tuo nonno non andava mai in chiesa, meno male che io gli faccio dire la messa…"

E sì, menomale, me lo ricordo io mio nonno, che ti prendeva in giro, e diceva che tu stavi sempre in chiesa ma in paradiso ci sarebbe andato lui, perché aveva sognato San Pietro e gli aveva dato le chiavi, e nonno diceva che se ci arrivava prima lui a te non ti ci avrebbe fatto entrare, perché gli *annacquavi* il vino con l'acqua e lui diceva che l'acqua *fracica* i ponti…

Come quando gli preparavi l'insalata perché "fa bene" e lui rispondeva che l'erba la mangiano i conigli.

Mentre lucido la cornice il fumo della sigaretta che tengo tra le labbra ti arriva sulla foto, dai nonno, fatti due tiri, *mò* ti lascio due sigarette dietro al vasetto dei fiori, che quando eri vivo nonna te le buttava sempre, diceva che ti facevano male e tu le rubavi dalla mia borsa.

Ricordo che mi raccontavi che quando eri prigioniero di guerra scambiavi la razione di cibo con le stecche di sigarette e non ti hanno mai lasciato in pace nemmeno a fumare una sigaretta, hai iniziato a fumare a 13 anni e sei morto a 80.

Da metterci la firma. Ti hanno ucciso forse molto prima tante altre cose. I silenzi e le carezze che non arrivavano. Ricordo che dicevi che non volevi più lavarti perché tanto lei non ti baciava mai…

Cavolo quanto mi manchi certi giorni, dai fatti un altro tiro, che nonna non ci vede, sta sistemando i fiori, ti ha preso quelli gialli perché dice che si abbinano con il colore del marmo di questa cazzo di lapide.

Ma pensa te, ti hanno infilato dentro un loculo, tutti in fila morti, incastonati in questi palazzoni di cemento, ma che senso ha? Penso che quando morirò voglio stare sotto terra. È da lì che siamo venuti in fondo. Però nonna una cosa buona l'ha fatta, per farti fare bella figura ti ha messo qui una foto di quando avevi 30 anni, eri bello sì, ma alla fine nonno sai che c'è?

Che eri bello pure a 80 anni, sembravi Capannelle, l'attore dei tuoi tempi, e poi eri bello perché ridevi sempre, anche se di motivi ne avevi davvero pochi.

Hai passato la vita a fare contenti gli altri e poi alla fine mandavi tutti *a 'fanculo*, ti eri stufato e avevi ragione.

Prima di morire, quando non riuscivi più ad alzarti dal letto mi dicevi: "*Chicchè, mo quanno me sento mejo me rimetto a lavorà, voglio ricomincià a girà il mondo e non me filo più nessuno.*"

Chissà se almeno in qualche specie di sogno ci sei riuscito. Quando ti sogno mi metti sempre in tasca i soldi per le sigarette. Quando eri vivo ti lamentavi che nonna ti prendeva tutta la pensione e quando regalava soldi a me o a mamma tu dicevi "*E certo ce vole poco a fa bella figura coi sordi dell'artri.*"

"Oh adesso è un'altra cosa, finalmente è tutto pulito." E sì, è tutto pulito, sai che gliene frega a nonno che adesso è tutto pulito, se davvero ci dovesse vedere o sentire pensa quanto è contento di stare chiuso qua dentro.

Ma meno male che sicuramente non ci vede e non ci sente. Magari finalmente si riposa davvero. Nonno facevi la patatine fritte più buone del mondo… riposa in pace.

Nonna si è stancata adesso, non so perché visto che ha fatto pulire tutto a me, comunque sta risalendo in macchina, noi ce ne andiamo, te fai il bravo, anzi fai quello che ti pare finalmente, lo so si preoccupa di cose assurde, quanta pazienza che hai avuto, però è una brava donna, gli vogliamo bene, se la vedi riderai sotto i baffi, adesso che non ci sei più parla sempre di te, adesso gli manchi, adesso ti riempirebbe di baci sai nonno… che fregatura la vita, la gente si accorge che ti vuole bene sempre quando te ne vai…

Le sigarette stanno dietro al vaso se tante volte…

Ciao nonno, qui inizia a piovere, noi andiamo via.

Nonna è arrabbiata perché dice che dopo che l’hai fatta *addannare* tutta la vita ti sei permesso pure di morire… hai capito? Ti sei permesso pure di morire…

RIVORREI INDIETRO

Rivorrei indietro la mano di mio nonno, i capelli di quando ero bambina, la luce negli occhi, la certezza che alla fine andrà tutto bene.

Rivorrei indietro gli amici, quelli dell'adolescenza, quelli che ogni cosa si faceva insieme e uno per tutti, tutti per uno. Quelli che ci si conosceva bene e bastava uno sguardo per ridere e piangere insieme.

Rivorrei indietro l'incoscienza di salire su quella giostra al luna park che ti metteva a testa in giù. Il luneur.

Rivorrei indietro la casa al mare di mia nonna e la bicicletta rosa con il cestino.

Rivorrei indietro il passerotto che è morto perché gli davo da mangiare il latte con i biscotti. E Trotskij, il gatto della casa in montagna che vedeva con me Dallas sul divano facendo le fusa.

Rivorrei indietro quel Natale pieno di gente con un albero alto fino al soffitto e un milione di regali da scartare.

Rivorrei indietro il giorno di quell'addio per poter dare un abbraccio più forte. Tutti i libri che ho perso negli innumerevoli traslochi, l'orso gigante di peluche

che divideva con me il letto quando avevo paura del buio. La cassapanca che mi regalò mio zio.

Rivorrei indietro il tempo perso, i miei vent'anni, se li avessi adesso prenderei il primo aereo e me andrei all'estero per restarci.

Forse tornerei anche, ma almeno ci avrei provato.

Rivorrei indietro la casa dove sono nata, il lungo corridoio, i vecchi mobili, la carta da parati, tutto, anche la crepa sul soffitto.

Rivorrei indietro il primo stipendio, quel lavoro che credevo mi piacesse tanto.

Il mio maestro di danza, la mia insegnante di yoga.

Rivorrei indietro il profumo di mia madre sul suo cuscino, quello che annusavo la sera prima di addormentarmi aspettando che anche lei venisse a letto.

Tutte le musicassette comprate alla standa e quel lucidalabbra trasparente che non si trova più da nessuna parte.

Il disco di Madonna che se lo aprivi riempiva di profumo tutta la stanza. Il mio stereo che si accendeva da solo.

La finestra del salone da cui guardavo la piazza, l'aria calda dell'estate sul mio balcone in cucina.

Rivorrei indietro la 126 rossa con cui ho imparato a guidare. Rivorrei indietro il vecchietto che lavorava in quella libreria dove comprai il primo mazzo di tarocchi.

Rivorrei indietro quell'amico che ho perso con cui non facevamo che ridere sempre e mi faceva dimenticare tutti i miei problemi, le nostre scenette al supermercato, le nostre pazzie.
E anche quell'altro, quello con cui passavamo tutta la notte in macchina a guidare con il finestrino aperto, perdendoci regolarmente per Roma e cantando a squarciagola tutte le canzoni di Baglioni.

Rivorrei quei jeans che mi stavano così bene...

Rivorrei indietro quel quadro del Che che era appeso nella camera da letto dei miei. E il manifesto di De Gregori, quello in bianco e nero che sembrava un fumetto.
Tutti i miei Dylan Dog.
Rivorrei indietro le vacanze in campagna, il padre della mia migliore amica, le vacanze in Umbria, quelle in Calabria, quelle a Rimini, quelle in Puglia.
Rivorrei indietro il mio zaino dell'Invicta con tutte le scritte sopra. Rivorrei indietro il supermarket che avevo sotto casa, tutti quelli ci lavoravano e che mi hanno visto crescere.

Rivorrei indietro il mio negozio, quello aperto con tanti sacrifici, che era mio, e non mi pesava nemmeno alzarmi la mattina per andare a lavorarci.

Rivorrei indietro il mare da maggio a settembre. Il mio cespuglio di margherite e quello di rosmarino.

Il caffè ogni mattina con la mia amica siciliana.

Rivorrei indietro i miei pattini bianchi. La borsa di paglia. La collezione di gomme profumate. La mia vecchia macchina da scrivere. Le scarpette di danza classica rosa.

La maestra delle elementari.

Rivorrei indietro il trenino che ebbi in regalo quando promisi di non mettere più il ciuccio. L'aeroplano giocattolo che tenevo sopra l'armadio. Il mio canarino.

Rivorrei indietro quel sogno che credevo mi bastasse sognare. E vorrei avere il potere di conservare tutte le cose che ho oggi e che inevitabilmente perderò e rivorrò indietro domani.

O forse vorrei solo un motivo, per alzarmi, domani.

CI SALVERÀ IL MARE

Sono sempre le stesse cose a salvarci, quelle che contano. E allora conta ancora per me. Uno, due e tre… fai presto però ad arrivare a tre.

Ci salverà la bellezza, le parole di un libro, scrivere quella lettera che non abbiamo mai avuto il coraggio di scrivere, un quadro che ci lascerà incantati.

Ci salverà il mare, come una benedizione, perché quando arrivi davanti a lui improvvisamente respiri a pieni polmoni. Sarà perché il fatto che si perde nell'orizzonte e non se ne vede la fine ci fa pensare che tutto ancora è possibile, oppure perché quando c'entriamo dentro finisce la terra e finalmente possiamo sollevare i piedi e perdere peso.

Quell'improvvisa assenza di gravità ci fa sentire più leggeri e tutto il resto rimane sul bagnasciuga come se finalmente per un attimo ci liberassimo di tutti i bagagli e del passato così ingombrante.

Ci salverà la tristezza, sì perché quando hai coraggio di sentirti triste finalmente ti viene la voglia di cambiare le cose. Ci salveranno i nostri figli, perché guardandoli possiamo ritrovare il coraggio di provare a lasciargli un mondo migliore.

Ci salverà la musica, certe canzoni popolari magari, che ci faranno ricordare che qualcuno prima di noi ha combattuto cantando.

Ci salverà un regista indipendente che girerà un film che riuscirà ad aprirci gli occhi e farci vedere le cose da un altro punto di vista.

Ci salveranno i nostri desideri, quello che davvero ci manca, il sentirlo alla bocca dello stomaco come una spinta impossibile da ignorare, un moto di ribellione, quella frase che risuona all'improvviso nella testa e smette di dire 'vorrei' ma urla 'io voglio'.

Ci salverà la primavera, la promessa che maggio tornerà, vedere i fiori sbocciare dal fango ci ricorderà che la natura insegna per prima che si può sempre ricominciare.

Ci salverà l'inaspettata presa di coscienza di aver sbagliato tutto, perché solo da lì si è finalmente liberi.

Ci salveranno gli occhi e le parole di un bambino che dall'alto della sua innocenza dirà una verità infallibile che era sotto gli occhi di tutti e nessuno vedeva.

Ci salverà lo scontento, la frustrazione, quando risveglieranno il guerriero che era in noi quando eravamo solo dei ragazzini.

Ci salverà una risata, di quelle inopportune che arrivano quando ci dicono che bisognerebbe essere seri, di quelle che fanno male alla pancia e non ricordavamo più, il primo vero atto di ribellione.

Ci salveremo da soli, perché non si può salvare qualcuno che non vuole essere salvato, da soli nella nostra unicità ma reimparando a tenerci tutti per mano.

Ci salveranno le rondini che migrano quando arriva l'inverno perché ci ricorderanno che ci sono momenti in cui bisogna andare via e capire quando è il momento di ritornare.
Ci salveranno i gatti, che ci insegnano ogni giorno a non prendere ordini da nessuno.
Ci salverà il volo di un calabrone quando ci ricorderemo che per la scienza lui non dovrebbe volare e invece lo fa lo stesso.
Ci salveranno i cattivi esempi, perché ci ritroveremo a pensare che non vogliamo essere così.

Ci salverà un atto di gentilezza involontario che ci farà sentire felici.
Ci salverà un progetto, perché senza uno scopo non si arriva mai da nessuna parte.
Ci salverà la giusta collera di fronte alle ingiustizie, la voglia di difendere qualcuno che amiamo, le foglie d'autunno che hanno imparato a cadere senza farsi male e quella luce negli occhi che si ritrova solo quando ci si accorge che c'è ancora, qualcosa, da salvare.

MOLTI MONDI

Oggi ho pensato che volevo parlare con qualcuno, ma non mi veniva in mente proprio nessuno di tutte le persone che conosco e ho conosciuto, allora ho provato a ricordare qualcuno che è morto, perché di solito i morti sembrano sempre migliori per il solo fatto che non ci sono più; poi ho capito che non era quello il punto, che non era questione di persone migliori o peggiori, o del bene che posso avergli voluto o che gli voglio. Era qualcosa di più… il bisogno di parlare con qualcuno che abbia imparato a vedere il mondo esattamente come me.

Allora mi è venuta in mente la teoria di molti mondi… quella secondo la quale esiste un'altra dimensione dove un altro noi potrebbe aver fatto scelte diverse, e allora eccoti qui, l'altra me, quella che forse vive in un altro universo quasi uguale a questo, che fino ad un certo punto almeno ha vissuto le stesse identiche cose che ho vissuto io.

Quella che è partita, almeno, dallo stesso punto: la bambina che ero.

Non ti ho pensato spesso, o forse troppo, non saprei dirlo.

Chissà tu che fai adesso, se sei riuscita a laurearti, se sei andata in Tibet a vedere quel monastero, chissà se tu fai la giornalista o la ballerina alla fine, oppure hai preso una strada del tutto diversa e magari sei felice lo stesso.

Chissà cosa risponderesti se ti chiedessi chi è la persona che hai amato di più al mondo… o se la stai ancora cercando, chissà se ti sei sposata con il tuo primo amore o sei scappata prima e giri per il mondo.

Chissà se ce l'hai un figlio o una figlia… vorrei sapere se scrivi ancora o vai di troppo di corsa, se sei sopravvissuta oppure tu non ce l'hai fatta.

Chissà se sei diventata una che dice le cose in faccia o ancora passi le ore davanti allo specchio a provare a tirar fuori le parole giuste per non ferire nessuno.

Chissà se sai dire quello che vuoi o aspetti ti sia servito su un piatto d'argento. Chissà se dormi ancora a pancia sotto con la mano sotto al cuscino o hai ancora paura del buio. Se leggi ancora le carte o anche tu hai smesso di credere a tutto. Se chiudi gli occhi e sei arrabbiata riesci ancora a far piovere tu? E quella magia che sentivamo dappertutto… ne hai trovata almeno un po' in qualche posto?

Chissà se tu hai riempito tutti quei silenzi o ancora passi le giornate davanti alla finestra a guardare la piazza… chissà se tu vivi ancora in quella casa che a me ancora manca così tanto…

Sai io qui ho inciampato spesso, e non dico che ho sbagliato tutto ma a volte ho pensato che avrei potuto fare altro o farlo in un modo diverso.
Mi ha cambiato la vita mentre cercavo di cambiarla, ed è cambiata anche lei insieme a me fino a non sapere più quasi quello che davvero volevo.
Sono cambiate le priorità, alcune in meglio, ma in fondo sono sempre io, e non so se è proprio questo il guaio.

Sai il mio mondo adesso sembra guasto. Ci sono ancora le mezze stagioni ma le persone non si guardano quasi mai in faccia, hanno paura ad abbracciarsi e il mondo è diviso in buoni e cattivi ma a me sembra sempre più che i veri buoni siano quelli che sono considerati cattivi.

Dicono che c'è stato un virus che ha cambiato tutto e ci ha decimati, no non siamo morti tutti, ma non siamo più gli stessi.
Pensa che strano, la maggior parte di quelli che stimavo ora sono quelli con cui non parlo più o evito volentieri di farlo, quelli di cui dubitavo maggiormente mi sembrano i migliori.

Qualcuno dice che è il mondo all'incontrario. Credo che abbia ragione. Ci sembra di camminare a testa in giù e alla tv dicono che piove mentre fuori c'è il sole e la gente guarda fuori dalla finestra, e lo vede il sole, ma prende l'ombrello per uscire e li senti parlare senza guardarsi in faccia e si dicono: 'speriamo questa pioggia smetta presto'.

Gli adolescenti qui non vanno più a ballare, le discoteche quasi non esistono, e le feste in casa sono passate di moda qualche decennio fa.

A scuola non si fanno più i temi, ora quando c'è un compito in classe c'è la prova di comprensione del testo. Cioè prendi un buon voto se capisci quello che la società vuole che tu capisca.

Ti ricordi quanto ci piaceva fare i temi?
Li scrivevamo per tutta la classe.
Poi Valeria quel giorno disse: 'Ho capito come fai! Non hai paura di scrivere quello che pensi davvero.' E prese un dieci quel giorno.
Oggi se ci provi nessuno ti da un dieci.

Ci abbiamo provato per un po' a fregarcene, a farci la nostra vita non ascoltandoli, poi a ribellarci, ma qui va di moda la disobbedienza civile ed è talmente civile che non cambia mai le cose. E alla fine ho l'impressione che tanti si sentano stanchi. Hanno fatto l'impossibile per essere rimessi nella lista dei buoni poi hanno capito che proprio non ci volevano avere niente a che fare e allora si sono inventati un mondo dentro il mondo in cui leggono vecchi libri, guardano film, escono solo per andare al supermercato e pensano al mondo com'era prima, che non è mai stato perfetto, ma sai come si dice sempre, poi alla fine si stava meglio prima.

Qui conta solo quello che va di moda, per esempio va tanto di moda l'uguaglianza, ma nel senso che dobbiamo essere tutti uguali e pensarla allo stesso modo, se no finisci nella lista dei cattivi.

Chissà se nel tuo mondo le cose sono andate meglio.
O semplicemente tu magari ti sei almeno trasferita che so... in Svezia, o su un'isola lontana dove c'è sempre il sole e alla tv non dicono sempre che piove.

Vorrei sapere che ce l'hai fatta, che non hai dovuto faticare troppo e versare troppe lacrime, vorrei sapere che sei sopravvissuta. Magari da te è andata pure peggio, c'è stata un'apocalisse zombie però voi sopravvissuti li avete sconfitti tutti e avete creato una nuova società, migliore e giusta.

Uno dei miei scrittori preferiti dice che ci vorrebbe una Repubblica fondata sul Talento. Ecco, pensa che meraviglia sarebbe stata se fin da piccole ci avessero aiutato a capire cosa ci riusciva meglio e ci piaceva di più. Tu saresti stata una ballerina formidabile, ne sono certa.

E sicuramente avresti smesso di avere paura del buio o di dire alle persone le cose difficili da dire.
In un mondo così tutto funzionerebbe alla perfezione perché ognuno farebbe benissimo il suo lavoro, e con il sorriso sulle labbra, e il debito pubblico svanirebbe in un lampo.

Senza frustrazioni personali non ci sarebbe bisogno di dire alla gente che piove quando c'è il sole e anche se piovesse si canterebbe sotto la pioggia, come in quella pubblicità del profumo che tutti cantavamo alle scuole medie.

Chissà se qualcuno ti ha tenuto la mano quando hai avuto paura o se sei diventata così coraggiosa da non averne bisogno.

Ci sono delle persone che non conosci ora con me, sono certa che le ameresti alla follia. E poi ci sono persone che conoscevi che non ci sono più e mi mancano da impazzire a volte, chissà se da te sono sopravvissute e sono proprio loro a tenerti la mano adesso.

C'è qualcuno che conoscevi ma non riconosceresti e ti chiederesti come è potuto cambiare tanto.

Chissà se stai bene, se ti hanno permesso di conservare un po' di quella bambina e se tutti quei sogni che avevamo li hai annaffiati e custoditi, io ho fatto del mio meglio per te, ma non ci sono sempre riuscita, però non ho mai mollato, e non lo farò nemmeno ora.

DICIOTTO NATALI

Sei morto, sei morto così, tutto d'un tratto non c'eri più. Nessuno ci credeva più ormai che sarebbe successo, tutti quegli infarti ogni anno e le corse all'ospedale, i pianti, la paura… e ogni volta tu ti riprendevi, tornavi a casa e ricominciavi a fumare, ad arrabbiarti se qualcosa non veniva fatta come dicevi tu.

Tutto tornava sempre come prima, il tuo brutto carattere ma anche la tua allegria, il tuo sorriso, entrare a casa e trovarti su quella poltrona con il telecomando in mano e invece di salutare tu dicevi sempre eccolo!, per eccolo intendevi te stesso, cioè era come a dire mi hai trovato, E ti trovavamo sempre tutti, ti stavamo ad ascoltare quando cominciavi a parlare per ore di politica o delle tue bizzarre invenzioni, ogni tanto esageravi… non la smettevi mai di parlare eppure adesso tutto questo silenzio pesa.

Ti sei sempre sentito il centro del mondo, e forse lo eri, almeno di quel piccolo mondo che avevi intorno, infatti adesso che non ci sei più tutto si è sgretolato.

Ci tenevi tutti insieme tu, quella parvenza di famiglia allargata, diciotto anni di ‘Natali’ passati tutti insieme, tutti quanti, troppi, una valanga di persone che facevano un gran casino e mangiavano tutta la notte.

Tutti quei Natali che all’inizio odiavo e che alla fine ho amato tanto. Ricordo ancora il primo, mi sentivo un pesce fuor d’acqua e alla cinque di mattina ancora mangiavate fettine panate e giocavate a carte e a me si chiudevano gli occhi e non vedevo l’ora di tornare a casa che non ho mai sopportato né il Natale, né ingozzarmi e tanto meno giocare a carte, poi piano piano non c’è stato nulla da fare, mi sono abituata a pensare che quella era la mia famiglia, perché un’altra non l’avevo mai avuta forse e la prima volta che ci facesti correre in ospedale nonostante le discussioni e le incomprensioni, io piangevo e le tue figlie mi consolavano.

Aspettavo quest’anno, avevo pensato che per la prima volta mi sarei goduta questo cazzo di Natale che pare proprio non si possa evitare di festeggiare, avevo pensato ma sì, alla fine è un occasione per stare tutti insieme… tutti, almeno una volta l’anno. E quest’anno avevo anche qualcosa da festeggiare forse finalmente.

E invece tu che hai fatto? Sei morto davvero stavolta. E di tutta quella gente non c’è più nessuno. Da che non ti si riusciva a farti stare zitto, ora è tutto muto. Sono spariti tutti. Tra due giorni è Natale. Anche quest'anno penso che avrei voluto avere un biglietto aereo e poter tornare il 7 gennaio.

Anche quest'anno non riuscirò a scappare e festeggerò qualcosa in cui non credo più da moltissimi anni e a festeggiare non ci saranno troppe persone ma troppo poche.

E accidenti a te, mi manchi.

A N. che se n'è andato senza chiedere il permesso un giorno d'agosto

Karen Lojelo

BERGAMO

E-SIG

Mi chiedo come quel tipo al bar sia riuscito a convincermi a comprare questa sigaretta elettronica. Ci sto attaccato tutto il giorno come fosse un ciuccio, un biberon. Io, un uomo di quarant'anni. La tengo stretta in mano con il pugno e mi ci attacco e aspiro come se dovessi risucchiarle l'anima… ma lei, un'anima, non ce l'ha.

Forse tutto è iniziato per via di quel maledetto sapore amaro in bocca dopo quel virus di merda.

Quel giorno che avevo finito il secondo pacchetto della giornata, e il mal di stomaco… sì deve essere stato quello. Ma adesso è peggio.

Mia moglie non stava più nella pelle quando gliel'ho detto:

'Cara, da oggi smetto di fumare… ho comprato questa.'

Ha lavato le tende, le lenzuola, i cappotti; ha portato alcune cose in tintoria ed ha aperto tutte le finestre di casa. Ha detto:

'Finalmente questa puzza di fumo se ne andrà!'

Io l'ho guardata e ho pensato che le bastava davvero poco per essere contenta, beata lei, si lamenta sempre di non essere felice e di sentirsi sola anche quando sono a casa, invece ciò che le dava noia erano solo le mie sigarette.

Già, l'odore di fumo, io che so di tabacco. È una settimana che provo aromi alla vaniglia, alla liquirizia e a Dio solo sa cosa e ogni volta cerco di aspirare più forte per sentire qualcosa.

Non sento niente. Forse sono anni che non sento più niente e adesso che ho pure smesso di fumare me ne accorgo ancora di più.

Sono le due di notte, mi sembra di impazzire, sono chiuso in bagno aspirando da questo aggeggio nero laccato argento. 'È fashion' ha detto una collega in ufficio.

Sì, certo, è la moda del momento: fumo virtuale… ti credi di fumare ma non lo stai facendo… anzi sapete che c'è? Nemmeno ci credi ma fai finta che ti vada bene.

Cazzo che mal di testa che ho, non ricordo più perché ho deciso di smettere. Ma quello del bar poi… perché ha iniziato a parlare proprio con me? Io ero stato chiaro, gli avevo detto: 'Amico beato te… io non ho nessuna intenzione di smettere …' e lui ripeteva, 'ma guarda, è come fumare davvero… prova fratello vedrai…' e io… io, ho provato… e poi ricordo solo di essere uscito da quello strano negozio bianco e nero pieno di aggeggi strani, boccette con l'ago, ricariche di tutti i gusti e caricabatterie e lei: la mia e-sig virtuale.

Ci mancava solo lei, dopo il sesso virtuale nelle chat, dopo le amicizie virtuali, il coprifuoco e i vaccini obbligatori… adesso ci si droga pure per finta… è l'era della tecnologia del resto.

Sì ho detto droga, così siete tutti contenti, lo ammetto… la mia è una dipendenza… così hanno detto mia moglie e mia madre all'unisono:
'Vedi Walter, tu sei drogato!'
Io ricordo che le guardai, era prima di quella maledetta sera al bar, e dissi:
'Ok, avete ragione.'
Mentre voltavo la pagina del giornale con aria distratta. Lo avevo ammesso, ma non significava che avessi deciso di smettere per questo.

Anche l'amore è virtuale.
Mia moglie mi ama virtualmente da anni.
Manda messaggini con strani disegni e faccine che ridono e cuoricini, poi quando torno a casa la sera non ha mai niente da dirmi.
Lo so cosa mi ha rovinato, è stata colpa dei sogni che non ho realizzato.
Dovevo rimanere in quella casa in subaffitto con il coinquilino grasso che beveva come un pazzo e non si lamentava della puzza di fumo e non passava tutto il tempo ad annusarmi.

Dovevo continuare a fare il musicista fregandomene dello stipendio fisso e magari avrei fatto l'amore con quella ragazza che diceva sempre di sì qualunque cosa le offrissi.

Quella che non mi diceva mai di cambiare ma che le piacevo così com'ero, già, lei sicuramente sarebbe venuta con me nel paese delle sigarette adesso se glielo avessi chiesto e se la chiamassi adesso sono sicuro che avrebbe una scorta di Davidoff nascosta da qualche parte, ma non so più dove sia, lei. Aveva un buon odore, e non mi è mai sembrata virtuale.

Adesso esco, mia moglie dorme, vado dal tabaccaio in piazza, oddio non avrà chiuso anche lui mi auguro… stanno chiudendo tutti i tabaccai… ci sono solo queste 'svaperie' maledette e la notte chiudono tanto le ricariche non finiscono mai all'improvviso.

Prenderò un pacchetto di Marlboro rosse. Sì. Quelle che fumavo all'università da giovane, quando tutti ancora fumavano pure dentro i cinema e i ristoranti. Che bei tempi ragazzi. Nessuno si lamentava. Fumava pure Humphrey Bogart, fumavano nei film vi rendete conto?

I personaggi più cazzuti lo facevano. Uno cercava l'ispirazione per scrivere il best seller dell'anno e che faceva? Si accendeva una bella sigaretta. C'era quell'altro attore morto giovane, come si chiamava? Quello fico, sì, lui la teneva dietro l'orecchio la sua sigaretta.

È morto giovane, ma non per colpa delle sigarette. Non fatevi ingannare.

Non è che dovete credere a me, io sono un drogato, è chiaro, ma vi assicuro che si muore per tante cose che apparentemente fanno bene. Si inizia a morire un po' appena si comincia a credere che qualsiasi cosa possa ucciderci. Ma secondo me ci stanno uccidendo i silenzi. Questa vita virtuale dove tutto succede senza che accada nulla.

La segretaria di Ceccacci aveva smesso da due mesi, lei e la sua sigaretta elettronica, non faceva che vantarsi di non averne più toccata una vera, poi l'altra sera pare che abbia puntato un coltello alla gola del marito costringendolo ad aprire la cassaforte dove aveva nascosto l'ultimo pacchetto di Winston Blue. Merce ormai introvabile.
Io l'ho vista qualche giorno dopo al lavoro, aveva dei tic, gli occhi sbarrati e non faceva che muoversi nervosamente. Pare che ne abbia fumata una e poi il marito gliele abbia gettate nel cesso nascondendo tutti i coltelli.
Non farò quella fine.

Me ne andrò a Cuba, a fumare sigari e bere whisky e troverò una ragazza vera che balla la salsa e odora di acqua di mare.
E fumeremo anche marijuana, ecco, adesso l'ho detto.
Forse lì ancora si può vivere.
Voglio sigari cubani, Marlboro, rum e coca.

Humphrey dove sei? Aiutami tu, spiegaglielo che ai tuoi tempi già si moriva anche di crepacuore senza che fosse colpa delle tue sigarette…

Si è alzata, sta venendo in bagno, mi controlla, crede che abbia nascosto le sigarette da qualche parte e ora stia fumando. Ogni volta che mi passa accanto mi annusa come un segugio con aria sospetta.

Devo andarmene di qui, è tutto così salutare e sterilizzato in questa città. Insopportabile.
Voglio vivere su un'amaca con quattro sigari in bocca e fare l'amore con una donna che appena ha finito mi chieda una sigaretta, vera.
E la voglio baciare e sentirle il sapore di tabacco e caffè nella bocca.
Che ci avranno anche bucato lo stomaco e obbligato al malox a vita caffè e sigarette ma… o forse il malox lo prendiamo per sopravvivere a questa vita?

Ragazzi io vado, prenderò il primo aereo e se mi bloccheranno alla frontiera mi imbarcherò come clandestino su qualche nave da trasporto come si faceva una volta; mia moglie si è riaddormentata. Se incontrate quel tipo del bar… beh ditegli che lo ringrazio. Se non fosse stato per lui non avrei mai trovato la forza di andarmene.

Ah e un'altra cosa, il tabaccaio è chiuso come immaginavo, sapete per caso dove posso trovare un pacchetto di Marlboro sulla strada verso l'aeroporto? Non credo di resistere fino a Cuba…

IL SUO BUONGIORNO

Gino guardava la lampada sul comodino, si ricordava di quando Lena la sera gli chiedeva di spegnerla perché non riusciva a dormire. Ora era lui a non riuscire a dormire, né con la luce accesa, né con la luce spenta.

Respirava profondamente cercando di far tacere i pensieri che parevano vivere di vita propria e non riuscire a fermarsi.

Gino a vent'anni aveva dei sogni, poi con il tempo si erano trasformati; appena finita la scuola avrebbe voluto diventare un campione di nuoto, gli piaceva nuotare, ed era bravo, il fatto di essere cresciuto vicino al mare lo aveva aiutato. Poi il vento lo aveva portato lontano per proseguire gli studi, una nuova città, una nuova vita, il mare era diventato un ricordo lontano e con il tempo, il tempo che sposta sempre tutto come vuole, i suoi sogni erano cambiati.

Era un diventato un ingegnere, e gli riusciva bene il suo lavoro, proprio come nuotare. In fondo a lui era venuto bene quasi sempre tutto quello che aveva provato a fare nella vita… e di cose ne aveva fatte molte, nella sua vita c'erano state ben ottantacinque primavere. Forse non aveva mai avuto un sogno unico, ben delineato, ma si era posto degli obiettivi di volta in volta, di occasione in occasione, secondo le circostanze, le opportunità e soprattutto le necessità.

Lena non era così, lei aveva sempre avuto grandi sogni, immensi, sconfinati, di quelli impossibili quasi, lei era vissuta su una nuvola tutta sua ogni giorno della sua vita, inseguendo sempre le stesse stelle nel cielo, quelle più luminose e belle senza mai cambiare rotta.

Una di queste stelle era stata proprio Gino. La prima volta che lo aveva visto lo aveva riconosciuto, e tutto quello che aveva fatto in seguito nella sua vita, lo aveva fatto per lui, non per farlo contento, no. Per renderlo fiero di lei, ma comunque lei credeva in tutto quello che faceva e lo faceva con amore perché erano le sue passioni, solo che non sarebbero servite a nulla se non ci fosse stato lui con cui condividerle, questo aveva sempre pensato Lena.

Lui all'epoca non la pensava proprio così, aveva delle priorità che avevano senz'altro più i valori della logica e della sopravvivenza.

Così Lena lo aveva aspettato, in silenzio, in disparte, sperando che arrivasse il momento giusto per entrare a far parte davvero della sua vita.

E quel giorno alla fine era arrivato.

Un giorno di marzo più caldo degli altri, in cui le mimose cominciavano a profumare l'aria intorno, lui era seduto su una panchina e vedendola arrivare improvvisamente e finalmente la vide con altri occhi, illuminata dai raggi del sole che si confondevano con la luce dei suoi occhi.

Gino se lo ricordava ancora quel giorno in cui lei era arrivata con il suo vestito a fiori.

Lui tutto d'un tratto aveva capito che lei era l'unica persona con cui avrebbe voluto condividere ogni buonanotte e ogni buongiorno.

Anzi che non avrebbe voluto passare nemmeno un altro giorno senza che questo accadesse. Ci aveva messo un bel po' di tempo, ma per fortuna alla fine lo aveva capito. Già... per fortuna... questo pensava ora Gino, che era stata una vera fortuna averla incontrata.

Continuava a rigirarsi nel letto finché non decise di alzarsi, fece forza sulle braccia ma ormai era troppo vecchio e stanco per alzarsi con così tanta facilità, allungo il braccio sinistro e afferrò il suo bastone, zoppicando arrivò allo specchio della camera, di fronte a lui un uomo con la barba bianca, pieno di rughe e con dei piccoli occhiali sul naso, si rifletteva in un'immagine che sembrava non appartenergli, lo sguardo gli cadde sulla cornice sopra il comò, lui e Lena abbracciati in una via di Roma, durante quel viaggio che lei aveva tanto insistito per fare e come sempre alla fine lo aveva convinto. Lui non amava gli spostamenti ma guardando la foto sorrise, lei aveva avuto ragione, erano stati giorni davvero felici quelli.

Prese la cornice in mano e la strinse al petto trattenendo una lacrima.

Ecco in quella foto si riconosceva, e finché c'era stata lei si era sempre visto così, come se non fosse mai invecchiato, perché lei lo guardava così, come se fosse ancora quel bel ragazzo di cui si era innamorata qualche secolo prima, e attraverso gli occhi di lei lui era rimasto giovane per sempre, un per sempre che era finito quella mattina di febbraio quando lei si era dimenticata di svegliarsi per dargli il suo buongiorno.

Sì a Gino piaceva pensare questo, che la sua Lena si era dimenticata di svegliarsi, distratta com'era sempre da tutti i suoi sogni. Preferiva vederla così la questione piuttosto che ripetersi che lei era morta.
Non gli piaceva la parola morte, soprattutto non gli piaceva abbinarla a lei, a lei non si adattava affatto quella parola a suo parere.

Quanto tempo l'aveva fatta aspettare, a quell'ora avrebbero potuto avere incartato ancora più ricordi di quanti non ne avessero accumulati. Gino non riusciva proprio a fermare i pensieri per quanto ci provasse continuava la sua serie infinita di se e ma…

Sempre camminando a fatica fece il giro della casa ripercorrendo insieme alla vista degli oggetti disseminati in giro tutta la lista di ricordi che appartenevano loro.
Si ricordò di che sorriso meraviglioso avesse lei il giorno in cui avevano iniziato a vivere in quella casa, insieme.

Scostò la tendina lilla dalla finestra e guardò la piazza, poi chiuse gli occhi, gli sembrò di sentire lei che arrivava da dietro a stringergli i fianchi, gli poggiava un bacio sulla guancia e gli domandava cosa stesse guardando. Non voleva farlo ma pianse.

Quando gli sembrò di aver ripercorso a dovere ogni singolo ricordo dandogli la dovuta importanza tornò a letto.

Gino non credeva in Dio, non ci aveva mai creduto, ma quella notte aveva proprio bisogno di parlare con qualcuno.

Lei non c'era più ad ascoltarlo, e così provò a chiedere a Lui, se, gentilmente, quella notte lo avesse potuto far dormire, dormire così profondamente, da dimenticare di svegliarsi.

SABAUDIA

PACE

Oggi sto in silenzio, raccolgo pensieri caduti a terra e cerco di trovargli un posto, li riordino per grandezza, colore, importanza…

Ieri volevo morire, poi ho deciso di andare al mare di nascosto, posso morire anche domani mi sono detta. Una stretta libertà vigilata, in un piccolo mondo, da dove scappo, ma non troppo.

Maledetta incostanza, di quella che era perduta speranza.

Mi tengo strette le parole che non sanno bene dove andare, ho paura di perderle, di non poterle più riafferrare. Oggi osservo, respiro piano, guardo tutto questo e anche altro. Oggi non si parte, butto l'ancora e resto in disparte. Ci sono parole che arrivano e che ho voluto e che adesso spaventano.

Allora spengo tutto, non guardarmi che non ti sento, sto cercando di sentire me in questo silenzio e capire magari finalmente cosa voglio… anzi no, di cosa posso fare senza, in questo momento.

Vedi questo posto? Che ho tanto odiato e disprezzato e pianto? Ci sto bene in fondo, forse non ho mai voluto altro, il mare calmo, il vento spesso, un raggio di sole in mezzo a questo cielo denso.

Posso vederlo anche dalla finestra sul tetto.

Ho aspettato talmente tanto che non so più fare altro e se smetto come impiegherò il mio tempo?

Osservo questo cielo disfatto che si rimette a posto come fosse niente, è una certezza in fondo anche il rimpianto, e l'abitudine di non sapere dove andare ti rende libero di non saper che fare.

C'è stato solo un istante in cui ho davvero voluto altro e avrei spaccato il mondo per averlo, avrei lasciato tutto e spostato il centro… ma adesso… proprio adesso che stavo finalmente prendendo sonno dopo tanto tormento…

Lasciami qui ancora un attimo, in silenzio, mi manca un pezzo, devo cercarlo bene e forse non voglio trovarlo adesso.

Posso aprire la porta quando voglio… esco a fare due passi anche se non si può, ma poi che vuoi… gli anni passati sono pesanti, ho troppi bagagli, ho avuto troppi abbagli, sono certa solo delle mie incertezze e ho imparato a nuotare solo in questo mare di circostanze.

Ogni tanto spegni la luce che fa troppo rumore, e chiudi la porta piano prima di uscire, quando vuoi entrare ricordati di bussare e non darmi nessun nome perché non so se mi riuscirei sempre a voltare.

Una volta mi chiamavano Margherita, ma le margherite sono secche adesso, non so se sapranno rifiorire.

Ho bisogno di stare qui con questo vecchio dolore che adesso somiglia tanto alla quiete, mi è familiare e non mi mette in imbarazzo davanti allo specchio. Lui lo conosco bene ed in fondo mi è sempre rimasto accanto.

Che buffo, mi compiaccio di questa indolenza e sembra pace perfino la mia assenza.

Karen Lojelo

CIAO COME STAI?

Io oggi affogo in un vasetto di yogurt mentre mi torturo davanti alla tv.

Conto le bugie al telegiornale mentre fuori non piove. Fa troppo caldo e vorrei coprirmi ma manca il freddo che dia il permesso. Allora sto in bella vista ma non mi piace quello che vedo.

Chissà che vedono i tuoi occhi, se quello che hai davanti o anche te vai a pesca di ricordi.

Chissà dove appoggi le mani,.se su qualcosa che hai vicino o su un rimpianto scaduto, scordato nel frigo.

Ricordi che sorriso avevamo quell'estate?

Oggi lo sento così vicino che sorrido con lui.

Il tempo non esiste, è tutto un cerchio che prima o poi ci riporta lì allora oggi aspetto perché lo so per certo.

E rido di questo yogurt freddo davanti a uno schermo che racconta balle a chi ci crede. Noi siamo sempre stati così lontani da tutto questo.

Vieni più vicino anche se sei così lontano. Chiudi gli occhi con me così ci vediamo e io ti stringo la mano.

Non aprirli e vedrai che ci siamo.

Dormiamo un po' vicini.

Fino a tornare sulla spiaggia di quel brutto mare che non ci importava fosse bello che tanto era meglio tornare in camera e guardarci con gli occhi aperti. Non aprirli adesso però così non sparisco. Aspetta ancora un po'. Aspettiamo il momento giusto.

Karen Lojelo

ELOGIO DELLE PICCOLE COSE

Il sole
il vento
le vacanze
quel profumo costoso che desideravi tanto
una festa
la parola di un amico
la mano di un vicino
il sorriso di uno sconosciuto

Ritornerà tutto

I piccoli passi
fai presto che è tardi
quel convegno
un buon libro
un bel film
una nuova canzone
quella bella poesia
domani è un altro giorno

A piccoli passi a piccoli passi
i piccoli traguardi
domani smetto
adesso non fa troppo freddo
sono più forte di questo tempo incerto

Scegli piccole speranze

Adesso
è solo un momento

Dammi un minuto
faccio un respiro
un piede avanti all'altro

Con calma
non c'è fretta
piccoli passi
solo da qui a stasera
buoni propositi
ad esempio la cena

Un viaggio a Parigi
lo rifarò prima o poi

Domani domani
scrivi scrivi

Passa tutto
passa sempre

Lo sai
anche le cose belle
i sogni lasciali lì
quelli troppo grandi
le cose grandi
hanno un peso

hanno prezzi
alti
quando provi a tirarli giù
li contamina questo mondo
e poi non ce la fai a rimetterli in alto
al loro posto
vuoi salvarli

Invece tu lascia andare
respira
piccoli passi
bevi quieto vivere
a piccoli sorsi
riprendi le forze
spazza lì che c'è un po' di polvere

Dormi
e sta attento ai sogni
non li svegliare
sono belli loro ad occhi chiusi

Parla piano
non pensare

Domani domani
a piccoli passi
forse riuscirà ad arrivare.

TORCICOLLO

Quel torcicollo che mi viene sempre per colpa del maledetto vizio di voltarmi indietro è tornato a trovarmi.

Rimetto per l'ennesima volta quella playlist di musica indie su Spotify e non so nemmeno io perché, ora che tutte quelle parole non mi dicono più niente ma io continuo a cantare sperando ritrovino un senso.

Ho visto tornare tutto quando avevo smesso di aspettarlo o se non altro lo avevo dimenticato.
Forse scriverò un'altra storia che parla ancora di qualcuno che ti somiglia e stavolta tenterò un lieto fine per non pensare a questo mondo disastrato.
Mi chiedo perché sia così difficile anche inventarlo.
Forse perché siamo troppo abituati al niente che dura per sempre e alle cose belle che come bolle di sapone è meglio non toccarle o sparisce tutto.

Parlerò ancora di qualcuno che parla con le tue parole e indossa le tue stesse scarpe, solo che fa scelte migliori o almeno cerca di farle.

Ti darò un finale fuori dagli schemi. Stare dentro non ti è mai piaciuto.
Portati un costume e un paio di occhiali da sole.
Pensavo di portarti al mare, che insieme ci siamo stati una sola volta ed era brutto pure il tempo.

Ti farò comprare un biglietto di sola andata.
Molleremo tutto.
E se la noia prenderà il sopravvento scriveremo un altro libro.

Potremmo improvvisare uno tsunami da cui salvarci.
O un serial killer che cerca di trovarci.
Mi racconterai tu il resto mentre terrai la testa sui miei fianchi. Fumo un'altra sigaretta per studiare meglio i dettagli.

Ma tu aspettami.
Verrò di nuovo a prenderti.
Presto o tardi.

PESTO

Il pesto mi è tornato su tutto il giorno, tu non ci sei più e forse non ci sei mai stato, ti tenevo qui in una fotografia dove guardavi nel vuoto ma ieri credo di averti buttato nel cestino della carta.

In fondo la vita fa schifo quasi tutti i giorni tranne quando ci sforziamo di trovarle un senso, si sa che a volerle le cose poi si ottengono, solo potresti accorgerti a quel punto che ti piaceva più inseguirle.

Ti ho detto addio senza comunicartelo, tanto non avresti risposto.

Domani mi alzo presto anche se non ho da fare un cazzo.

Vado a correre potrai inseguirmi se vuoi e sicuramente lo farai perché ora non mi importa più che tu lo faccia.

Forse fingo grandi illuminazioni perché non mi va di dire che inseguo sempre le stesse cose che sono solo auto sabotaggi.

O forse ho davvero capito tutto adesso e mi guardo e mi dico: ti ho scoperto.

Scelgo di continuare a mettere questo vestito perché il

mondo non è pronto o forse è solo una scusa che mi racconto.

Passa una macchina su una pozzanghera mentre uno alla radio canta una canzone che non capisco ma la musica sembra proprio dire quello che penso.

Le parole non bastano.
L'ho sempre detto.

IBUPROFENE

Prendo il terzo ibuprofene della giornata perché mi fanno male le spalle

Forse scrivo troppo
oppure è solo il peso delle parole che non riesco davvero a dire
tutte quelle che vorrei dire invece di metterle in bocca all'ennesimo personaggio che mi somiglia solo di sfuggita

So tutti i miei vorrei a memoria ma forse non conosco nemmeno un vero voglio
che cosa voglio davvero di tutto quello che voglio?

Forse solo un giorno senza tramonto
una terra che non sia in rovina
ma no
forse vorrei uccidere tutti i miei amici
e uscire a cena con i miei mostri
tenermi solo loro vicino e smetterla di giocare a nascondino
guardarli in faccia e abbracciarli tutti uno per uno
fino a sconfiggere la paura

Oppure un nuovo nome
un posto abbastanza lontano
e te

Soltanto te
che mi tieni per mano.

LE RAGAZZE

Le ragazze che portano i capelli lunghi ci nascondono
dietro i sentimenti

Perché lo dice la parola stessa
senti?
Menti!

E poi chiudono gli occhi se c'è troppa luce quando
dimenticano gli occhiali scuri per non lasciar fuggire
altri sguardi persi

E tengono le unghie lunghe per difendersi dalla paura
mentre cercano mani che le tocchino per sentirsi ancora
vive
quanto basta per non morire
camminano svelte per non farsi fermare

Hanno passi incerti buttati avanti senza sapere dove
andare

Camminano verso ieri sperando diventi domani
e vogliono sempre di più
non si sanno proprio accontentare
inseguono il successo perché quando non succede
niente si annoiano un po' e gli sembra di impazzire
e alzano la musica in macchina per coprire i pensieri
ma si ritrovano poi a cantarle tutte quelle parole
piangono sotto la doccia per non farsi sentire

hanno grandi sogni
e mani piccole che le costringono a lasciarli andare

Loro giocano a nascondino
sempre
sperando che qualcuno le riesca a trovare.

GAME OVER

Paracetamolo a colazione
mi si è spezzato il cuore

Volevo amarti senza farmi male
e sono caduta di faccia sopra al tuo pugnale

Domani mi alzo presto
non so più dormire

Volevo la tua mano
ma mi ha solo schiaffeggiato

Domani è un altro giorno
metterò le lacrime in un bicchiere
per annaffiare quel basilico che non ho mai saputo curare
domani ci riprovo
a non annegarci in quel pianto
mi disegno un bel sorriso per non dare troppo fastidio

Domani mi alzo presto
se riesco a non morire

Avevo smesso di scrivere perché gente felice non ha storia
e io non volevo averne più da raccontare
Volevo essere felice e stupida

e non avere più niente da dire

Ho dimenticato di non perdonarti
perché volevo ancora parlarti
credendo mi ascoltassi

Domani smetto di amarti
ho messo la sveglia per ricordarmi
tanto siamo tutti chiusi in casa avrò tempo per
abituarmi.

NELLE TASCHE

Mi cadi dalle mani e ti ritrovo nelle tasche, da quando ci sei mi dimentico di fermarmi ai semafori e quando devo girare a sinistra. Brucio il pranzo e tu parli, parli sempre non stai mai zitto e io non mi ricordo più chi sono. A volte parla altra gente e non la sento più vedo che muovono le labbra ma sembra parlino un'altra lingua, riconosco solo quando dicono il tuo nome. Oggi sono annegata in un bicchiere d'acqua, l'ho confuso con una piscina e mi ci sono tuffata sperando di rinfrescarmi le idee.

Tu eri lì che mi guardavi e all'improvviso non riuscivi più a parlare avevi perso le parole sull'autobus tornando a casa forse o forse te le avevo rubate tutte io.

Ho usato tutte le lettere dell'alfabeto per pensarti e tu eri rimasto senza.
Sono uscita per riportartene qualcuna ma non ti ho trovato, sentivo un peso nella tasca e non riuscivo a tirarti fuori per accertarmi che fossi davvero tu.

Adesso finalmente stai zitto, però questo silenzio è assordante. Gli altri parlano e riesco di nuovo a capirli solo non mi interessa affatto quello che dicono. Mi sono persa dentro casa ma dicono che lei nasconde ma non ruba. Qualcuno mi troverebbe se non fossi diventata trasparente...

Ma deve essere stata colpa di quel bicchiere d'acqua, da quando sono uscita di lì non mi rifletto più nello specchio.

Solo tu puoi vedermi, ma prima devi decidere di aprire gli occhi per guardarmi.

TSUNAMI

Lei voleva un colpo di scena
non si sa accontentare
non ne è mai stata capace

Vorrebbe taniche di felicità da dividere in fialette
monouso e bere all'occorrenza
quando fuori è freddo
oppure troppo caldo
quando il telefono non squilla
quando la stanza pare sempre la stessa
odia la calma
pensa sia sempre meglio una tempesta
non sa stare ferma

Esce con gli occhiali scuri ma non vede niente che
sembra interessante
allora torna a casa

Progetta tsunami davanti allo specchio del bagno
sogna grandi ritorni e improbabili imprevisti
canta più forte dello stereo per riuscire a sentirsi

Finge di affogare nella vasca per vedere se qualcuno la
verrà a salvare

Scava nella scatola dei ricordi per vedere se c'è
qualcosa che può riutilizzare
un qualche giorno perfetto da resuscitare

poi si siede sul letto e guarda il soffitto
forse è ancora presto pensa

Domani magari crollerà il tetto
prenderò un treno
precipiterò in burrone
mi salverà la tua mano
ce ne andremo lontano.

MALE

Oggi mi va di stare un po' male.
Di lamentarmi di non avere voglia.

Voglio piangere sul latte versato, ricordare tutte le cose che mi mancano e ho perduto e anche quelle che non ho ancora trovato.

Oggi voglio ascoltare canzoni tristi e prepararmi i fazzoletti come fossero pop-corn per guardarmi allo specchio e compiangermi un po'.

Lo so che non sta bene. Ma io voglio stare male, perché ogni tanto è salutare.
Perché dopo posso scrivere un capolavoro mondiale.
Perché mi pulisco gli occhi e dopo posso tornare a vedere cosa non mi piace e decidere di fuggire.

Voglio stare male qualche ora, per decidere di essere libera di cambiare. Rimanere sdraiata sul letto. Fissare il soffitto. Arrendermi a tutto questo. Ripetermi che ho perso, perché in fondo non ho mai vinto.

Concedermi il lusso di smettere di tenere duro.
Voglio dire: mi arrendo, ok, avete vinto.
Così mi sentirò in pace con questo mondo un po' sfatto che si crede sobrio.
Oggi non voglio rispondere al telefono.

Non voglio dare spiegazioni, voglio invitare a cena i miei demoni e brindare con loro… e chiedere al mostro che sta sotto il letto di dormirmi accanto, poggerò la testa sul suo petto, abbraccerò la paura e da domani sarà tutto diverso.

VOGLIO

Voglio una bella notizia
due
tre belle notizie
stupirmi
desiderare una giornata più lunga
e non una più corta per vederla finire

Voglio le tue mani tra i capelli
preparare la valigia per un viaggio senza meta
e senza preavviso
alzare la musica mentre tu guidi
vedere cose nuove
stare a guardarle sgranando gli occhi

Voglio bufere
uragani
stravolgimenti
di quelli belli
che non hai il tempo di capire chiedere e pensare

Voglio andare a San Pietroburgo
con un cappotto rosso
che mi hai regalato domani
aspettare natale
come se fosse importante
guardare le vetrine

Voglio sorprendermi e dire: ohhh

e poi piangere perché è troppo bello

Voglio prendere un battello
lasciare il porto
svegliarmi in un posto che non conosco
mangiare qualcosa che non sapevo mi piacesse
guardare il panorama con i tuoi occhi
pattinare sul ghiaccio
sparare al poligono
tornare in un posto che non vedo da troppo tempo
e raccontarti cosa ricordo
e poi andare in Uruguay perché di quel posto non so niente
imparare di nuovo ad andare in bici e correre come matti...

Poi torniamo a casa
che siamo un po' stanchi
E dormiamo vicini
che si è fatto tardi.

DEI MIEI SETTE ANNI IN TIBET

Ricordo i due giorni a Portofino
il vinò
il tuo sguardo
e il fumo di un sigaro
forse cubano
i campi di lavanda
dove mai mi hai portato

Amore disastrato che mi hai derubato
il mio sguardo non ha più visto altro che te
domani riposo
magari deliro

Spegnete il via vai
o vai via
o torni per sempre

Mi chiedo se a volte
quello che manca è davvero il tempo
o solo l'ispirazione
ho imparato a controllare ogni emozione
è come un continuo camminare in equilibrio
su un filo appeso
che sembra portarmi in nessun posto
sono sempre qui allo stesso punto
o forse sono così lontano

che mi sono persa di vista

Chissà se tengo ancora la tua mano.

VOLTERRA

MARZO

Avevamo paura di morire a marzo

Poi è arrivato maggio
e abbiamo pensato che volevamo vivere
e piuttosto che sopravvivere era meglio morire

Avevamo paura di morire a marzo
adesso abbiamo paura di vivere
o ci siamo stancati di farlo.

NON SIAMO ACIDI

Siamo tristi
a volte ci sentiamo tanto arrabbiati
a volte fortissimi
a volte sull'orlo di un precipizio lì lì per arrenderci

Poi ridiamo
ridiamo tanto
la famosa risata isterica
voi non vi siete fatti le risate più belle della
vostra vita nei momenti più disperati e assurdi?

E poi parliamo
abbiamo ricominciato a parlare così tanto tra noi
discorsi seri
profondi
impegnati
sui sentimenti
sui valori
sulle emozioni

Poi a volte piangiamo
ci verrebbe voglia di urlare
ma se ci fate caso lo facciamo poco

Cantiamo
noi non siamo soli
ma ci sentiamo soli più che mai
e improvvisamente capiamo

e sentiamo il dolore di tutti

Vedo ragazzini adolescenti che non hanno più gioia di vivere
e voglia di uscire

Noi non siamo acidi
siamo tristi

E ci sentiamo stanchi
ma restiamo svegli
e ci fanno male le gambe
ma siamo ancora in piedi

Noi non siamo un noi
siamo tanti io ed è proprio questo che vi da tanto fastidio

Non abbiamo un motivo ma tanti motivi e ognuno ha i suoi

Voi siete un grande 'voi' ma a ben guardare
siete molto più soli di noi
e arrabbiati
e freddi
e spaventati
Ma voi non siete tristi
voi siete aggrappati
quelli aggrappati alla sopravvivenza

Noi siamo quelli che morirebbero

per poter vivere davvero.

METAFISICA

Vorrei
che qualcosa vi muovesse
vi scandalizzasse
vorrei che aveste un sogno per cui valga
la pena perfino uccidere
vorrei vedere la
passione
la rabbia
l'amore imprescindibile e devastante per qualcosa per qualcuno

Vorrei vedervi gridare e cantare dai balconi
ma di ribellione
e poi scendere nelle strade e poi ridere
parlare
guardarvi in faccia
abbracciarvi e picchiarvi

Vorrei che tutti iniziassero a scrivere poesie
a chiedersi cosa sentono
ad ascoltarsi dentro

Vorrei che il mondo fosse pieno di domande
di punti interrogativi
tanti da bloccare tutto
Senza risposte
senza certezze
quelle servono solo a tenere fermi

invece muoviamoci

Cerchiamo e poi cerchiamo ancora e quando crediamo di aver trovato chiediamoci se davvero non ci sia altro da scoprire da cercare da vedere da cantare da ballare di cui parlare

Ricominciamo a scrivere lettere d'amore
a citofonare
a leggere libri e poi parlare insieme di cosa abbiamo capito

Andiamo a vedere i quadri nelle gallerie e sediamoci a guardarli finché non li sentiamo parlare
e chiediamo quello che vogliamo
facciamo domande se non abbiamo capito e
rifacciamole ancora dopo un giorno perché le risposte cambiano cambiano sempre

Ri-Facciamo tutte le domande anche quelle scontate:

Perché il cielo è blu?
Perché un bambino piange?
Perché un cane è un cane?

Le domande forse salveranno il mondo.
Ricominciamo.
Tutto da capo.

Karen Lojelo

FAVOLA DELLA BUONANOTTE

Finalmente tutto è spento

Ci ripenso spesso
a tutto quel parlare
naufragare
correre
senza sapere dove andare

Quello sguardo su un autobus un milione di anni fa
la tua mano nella mia
alla stazione di quella brutta città

C'eravamo dati un appuntamento nel futuro
e adesso
il futuro non sappiamo più da che parte sta

Un bacio veloce dopo il fischio del treno
torneremo dicevi
promettimi che non piangi
non abbiamo mappe
solo centinaia di domande
quale sarà la strada per arrivare da qualche parte
ci chiediamo
ma nessuno lo sa

Non ci sono più strade

non riusciamo a vederle
e stiamo in silenzio
come un tempo
ognuno seduto dalla sua parte del letto
a chilometri di distanza
eppure il letto sembra lo stesso

Chissà se guardiamo addirittura tutti
nello stesso punto

Un sorriso in un bar che non dimenticherai
ti ricorda tutto quello che hai perso
insieme alla folla che odiavi
dentro ai centri commerciali

E chissà se la rivorrai

Una promessa appesa a un filo si dirada sempre più
le hai fatto una foto
per non farla svanire del tutto
quando ancora potevi

Una tazza di latte coi biscotti ci salverà forse
come quando eravamo bambini

Liberaci dal male favola della buonanotte
e facci sognare
tutto quello che adesso
non possiamo fare.

IN NUVOLE DI FUMO SVANISCONO I MIEI PENSIERI

Ho dimenticato tutti quelli di ieri, sto cercando di trovarne altri più nuovi, più freschi, più leggeri.

Ricordo vagamente chi ero, com'ero e perché.

Erano tutte scuse, ora mi sono chiesta scusa, ma ero già andata via.

Che bello guardare il mondo da capo senza sapere più cosa volevo.

Devo trovarmi un sogno.

Di quelli grandi e splendenti, tipo questo che mi siede accanto mentre scrivo.

Devo assaggiare di nuovo tutto, per scoprire cosa mi piace.

Prendo per mano il mio lato oscuro, siediti gli dico, raccontami chi sei, magari diventiamo amici stavolta.

Magari ci proviamo insieme un'altra volta.

Si può sempre ricominciare, oggi poi lo senti? L'aria è più fresca.

Scriviamo una storia al contrario che finisce con c'era una volta... e inizia con vissero felici e contenti.

Te lo ricordi domani? Mi chiede lei... oh certo che lo ricordo, era grande e splendente.

CHIACCHIERE SU CHIACCHIERE

Il sole sorge e tramonta ogni giorno
chiacchiere su chiacchiere
la terra continua a girare
chi non sa come passare il tempo
a volte ci passa sopra
passando su chi trova
chiacchiere soltanto chiacchiere
sento voci stridule... di sottofondo
senza spessore
senza senso
ma non è meglio avere un amore?

Anche uno che non ti fa dormire
o che fa soffrire
ma che sia sofferenza nobile
non questo piagnucolare...
non è meglio guardare le stelle e sperare?

Sperare di vederne una cadere
pensare al desiderio migliore
che salvi te
e non che butti un altro dentro il mare
non è meglio cercare una canzone da cantare?

Smettere di credere a tutto quello che si sente dire

guardarsi dentro
e starsi finalmente ad ascoltare.

TI HO AMATO SEMPRE

Non ti ho amato mai
magari ti avrei amato
o potrei farlo adesso
chissà chi sei
tu come sparirai
se saluterai quando te ne andrai
o magari tornerai
forse invece resterai

Chissà che fai
in questa notte che piove
se ti mancano le stelle o se invece le preferisci spente

Chissà se ti era già successo prima
di avere paura
di non avere paura
di sentire tremare i polsi
di chiederti come a fare a ricomporsi

Chissà che saresti stato
con un altro passato
se ti sarebbe bastato
per prendermi semplicemente per mano.

CHE NE SAI TU

Non mi conosci
non conosci la natura dei miei silenzi
se sorridono o sono spenti
se dentro ci nascondo le parole che non so dire o sono muti e spenti
Non conosci bene le mie mani o l'odore dei miei sguardi più fondi
non sai se aspetto qualcosa o cerco di allontanarlo
se voglio essere salvata o sto bene così
se vale la pena aspettare
o dovresti fuggire

Non sai se sto già fuggendo e non voglio che tu te ne accorga
non parli ancora la mia lingua
non hai mai assaggiato la mia ombra
non ti conosco
non so niente di te
e non sai se mi sono fatta una mia idea o in fondo non mi interessa

Se ho mostri più grandi dei tuoi che mi serrano le palpebre per la paura di vedere e guardare o semplicemente ho di meglio da fare

Non sai se sono attanagliata da catene o talmente libera da volerle evitare

Se le nostre strade camminano parallele come due binari che non si incroceranno mai o se invece faremo un pezzo di strada insieme senza sapere bene dove andare

Però mi guardi e io per adesso ti lascio fare.

MURI DI CARTA

Se tutti quei sogni
quei pensieri
si potessero sommare
costruire un ponte
per arrivare su
su dove sembrerà
di essere arrivati in qualche posto
per volare sopra
sopra tutti questi muri

Muri costruiti mattone su mattone
delle nostre paure
muri di gomma
indistruttibili che ci rimbalzano indietro
muri di carta sottili
che non proteggono da ieri
muri di cemento
di false credenze
muri a proteggere
muri di razzismo
muri di lacrime di ghiaccio
che si sciolgono al sole

I nostri muri
innalzati per difenderci
che diventano prigioni
...se...
si potesse sorvolarli

quando non si riesce ad abbatterli
cavalcando visioni
di mondi migliori...

RESPIRO RICORDI FUTURI

Lo so
forse mi toglierai il senno
e anche il sonno
mi ridarai la paura di perdere qualcosa
la frenesia di fare presto che sembra sempre tardi
la voglia di ricominciare a giocare col fuoco per vedere
se ho imparato a non scottarmi
e catene leggere come piume
di quelle volute
e occhi lucidi per riguardar le stelle
e mani aperte
e perle di sudore sulla fronte
e nuovi sguardi da imparare
nuovi silenzi da interpretare
e parole sconosciute da decifrare
sogni nuovi e svegli da proiettare su questo soffitto
e braccia larghe per afferrare il mondo
e sfide al tempo
ai chilometri e al vento
e nuove speranze
vestite di un dolce tormento

Mi ridarai un senso forse
a ciò che lo aveva perso
e domani finalmente potrebbe essere adesso

Ci penserò la notte sorridendo
sulle note di un vecchio pezzo
che voglio guardare tutto
anche se muoio di spavento
un altro giro di giostra
sono già salita

Ma è una bugia che sono pronta
non lo si è mai
e forse è questo il gusto

Non dire niente però adesso
stai zitto
che ancora è presto.

CHI SONO IO?

Oltre questa parte che recito?
Anche quella che mi piace
io non mi ci riconosco sento di essere altro

Chi sono davvero
oltre questa maschera che porto?
Chi sono io? Non sono quella che vedo nello specchio
ne quella di cui parlano le mie amiche
forse quella che tu ami
forse tu mi vedi
lo spero
ma io non mi vedo quasi mai
non mi riconosco
sono il mio personaggio forse

Ma forse
quello che sono veramente
è quello che mi piace

Forse sono quello che mi piace negli altri
quello che mi fa sorridere e battere il cuore
forse sono quella poesia che mi fa piangere
o il quadro che mi innamora
forse sono il mare che ho sempre amato e le stelle in cielo
forse sono quello che vorrei essere in potenza

Ma io

adesso
qui
forse ancora non ci sono e non ci sono mai stata.

HO DA DARTI MACERIE

Briciole
cenere evanescente
pezzi di cuore sparsi
un po' di cinismo misto al disincanto
qualche bagliore semispento che ancora si dimena

L'ultimo respiro
battiti d'ali di farfalle attaccate a un respiratore
null'altro

Ho consumato quasi tutto eppure te lo darei

L'amore è kriptonite
è una mela avvelenata anche se la mordi senza farti
vedere ti ammalerà
è il peggiore degli
assassini
i capelli di sansone
il tallone di Achille
non è la forza ma il punto debole
ciò che ti spezza
non è tornare interi ma frammentarsi
accettare di essere vulnerabili
avere qualcosa da perdere
la droga più potente che ti fa perdere lucidità

la più temibile dipendenza
così dolce e così affilato
è il canto delle sirene che non doveva essere ascoltato

Eppure è l'unica morte che sceglierei
tanto si perde sempre
alla fine si muore comunque.

RESPIRO IL TUO RESPIRO

Respiro
il tuo respiro

Ti avessi conosciuto a vent'anni
mi avessi conosciuto a vent'anni
avremmo figli magari
coi nostri occhi
azzurri

E montagne di fotografie
e ricordi di fiori d'arancio
e viaggi
e anniversari

Ti fanno male le ginocchia
io ho mal di testa
perché dormiamo troppo poco insieme
e gli anni senza conoscerci pesano sulle spalle
e sorridi e ridi

Mi accarezzi
non avrei scritto tutti questi libri forse
ne avrei scritti di più belli però magari
chissà
tutti felici
o meno tristi almeno

già
ma che fa
questa felicità adesso non ha prezzo

Fa un po' paura
questo sì
a volte mi tremano i polsi
i tempi non sono dei migliori
proprio adesso dovevo incontrarti?

Mi faccio domande nella testa che non so dire ad alta voce
credevo di stare bene prima
e ora mi sembra di averti aspettato così tanto
senza saperlo
che vorrei fermare il tempo adesso
e cancellare il passato
e credere ciecamente nel futuro
verso cui camminiamo

E avere anche solo una piccola certezza
che mi terrai la mano.

LATTE VERSATO

Avrei forse voluto piangere di più sul latte versato
cadere stremata sul cemento armato
aggrapparmi al passato
trovare un fossato
provocare un boato
perché a volte mi stanca questa forza che trovo sempre
in qualche tasca dimenticata

Ma tornerà l'estate e il cielo stellato
potremmo ridere senza più queste maschere
finirà questa guerra
che anche quando non è guerra
fa lo stesso rumore dentro

Vorrei sconfiggere le ore ferme
questo tempo incerto
come stessimo a una fermata del tram che non arriva
sotto la pioggia
in una città deserta

Per quelli come me che amano solo i giorni grandiosi
e i miracoli
e i lanci precipitosi
sono tempi duri
ispirati
ma faticosi

Stringimi più forte che ho il terrore di sentirmi come un bambino davanti scuola all'uscita quando non arriva nessuno

È che vorrei festeggiare ogni giorno
invece non c'è aria di festa
e io la mia felicità la tengo spenta
perché ora pare fuori luogo
come chi parla troppo e non sa fare silenzio

C'è troppo silenzio amore
invece bisognerebbe urlarlo
quanto è bello questo tramonto
questo cuore che batte
questo momento
perfino il tormento
e certi dubbi
e certe scoperte

Mi sento come un treno in ritardo che corre e fatica a capire perché
fuori dal finestrino
il resto del mondo è fermo.

PROVACI ANCORA SAM

Doveva essere tutto perfetto
invece tutto è andato storto
nel mio ordine mentale
che non prevede sbavature
ho sbagliato qualcosa
i miei calcoli
non mi sono mai tornati quei conti
delle cose che contano solo per me

Uno due e tre
ricomincio da capo
quello sì mi è sempre riuscito

È meglio che scrivo
so fare solo quello
le parole che dico
le parole sprecate
fraintese
inascoltate
nel vento
come il tempo che si ferma e
poi fugge via

Riavvolgi il nastro
voglio rifare questo giorno

Respiro
chiudo gli occhi
I tuoi peli sul petto
sotto il mio viso

La notte
la pace
ma fa sempre giorno poi
e non ho mai dormito abbastanza

Uno due e tre
un altro respiro: provaci ancora Sam.

INVENTARIO

Se vuoi sapere cosa penso
quando sto in silenzio
ti faccio un inventario
di tutte le mie paure

Sono sorde mute e basse
sono cieche e senza orgoglio
ho paura di quando ti addormenti presto anche se mi stai accanto
che mi dici che sei stanco
perché ho paura che a stancarti sia io

Ho paura che mi bacerai sempre meno e sembreremo una vecchia coppia annoiata

Ho paura di non essere abbastanza bella
o abbastanza interessante
di sederti accanto e sentirmi esclusa
ho paura maledettamente
maledetta paura
di perdere anche te
restandoti a fianco
in questo mondo sfatto

Forse perché il passato mi ha insegnato questo.

BRACCIO DI FERRO

Non ho più sonno
forse ho dormito troppo

Una nave è ferma nel porto
braccio di ferro ti prego
salva questo mondo
o tu, oppure
come diceva mio figlio
quando era piccolo
gridando disperato:
'salvami topolino'

Io volevo salvarlo il mondo da bambina
o forse speravo solo che lui salvasse me

La mia amica forse mi ha tradito
io mi nascondo dietro un dito
eppure c'è ancora così tanta poesia nel mondo
è in ogni angolo
è tutta intorno
sì, la bellezza salverà il mondo
la gentilezza
le risate
i tramonti lo faranno
le mani tese e quelle che si stringono
l'umanità ritrovata in un porto franco
senza partiti e religioni

Mi guardo nello specchio
salutami il mio passato
digli che non ritorno

Ho mille porte che si aprono domani
e sento quelle che si chiudono ieri
sbattono e fanno rumore

Non sono mai stata brava ad arrabbiarmi
eppure sono così arrabbiata
se guardo in certe direzioni

Eravamo liberi una volta
o forse non lo siamo mai stati

L'arte salverà il mondo?

Forse il tormento di chi sa vedere
oltre questo muro
le canzoni e le parole di un bel libro

Eccolo domani

Tu che mi sei accanto
per questo momento almeno
stringimi ancora
che sai farlo bene
e mi ricordi che ci sono.

C'ERA UNA VOLTA

Ho bruciato la macchinetta del caffè
la mia amica dice che non pioverà
e se lo farà
sarà perché ci serve acqua

Una voce mi grida contro
ma non so se è mia amica
forse è solo la sua ombra

Stamani ho visto il sole e poi il tramonto
era bello come tutte le cose
anche quelle tristi

Ci saranno grandi problemi
la mia amica dice
che è perché siamo persone di successo
quindi a noi succedono le cose

Cammino sull'orlo di un burrone come sempre
stavolta c'è lui che mi tiene la mano
ma mi chiedo quanto durerà

Domani sarà un'altra volta un altro giorno
ci sono già cocci dappertutto
Conoscevo qualcuno che sapeva camminare sui pezzi di vetro
ma l'ho perduto nel momento in cui l'ho trovato

Oggi guardo al futuro ed è un foglio bianco
ma io so scrivere
e ho smesso di avere paura

Domani affronteremo quello che verrà
anzi gli andremo incontro

Saremo io e lui e la solita falsa amica
ci sarà qualche ombra che ci accompagna

Domani in fondo è già successo mille volte
le prove generali le abbiamo fatte
quando c'era una volta.

MI SIEDO SUL BORDO DEL MONDO

Oggi è finito tutto
che pace
non ho più niente da perdere
è tutto vuoto e finalmente è silenzio

Oggi è morto il mondo
il mio
non ho più niente da inseguire
nemmeno te

Credo che me ne andrò al mare
ad aspettare quello tsunami che ha sempre minacciato di arrivare
non ho più nessuno da salvare
tutto quello che arriverà
se arriverà
sarà nuovo di zecca
tutto da scoprire
ma non so se ne ho voglia

Forse mi concentrerò su questo fiore
che sta per spuntare dalla terra secca
o sulla foglia che mi parla di riscatto
sull'ultimo temporale
che finalmente spazzerà via
anche l'ultimo tormento

Oppure domani sarà un altro giorno
e la ruota riprenderà a girare
e io ci starò sopra
nonostante tutto
come un criceto che non trova via di scampo.

ANDIAMO A COMBATTERE

Alziamoci.
E andiamo a combattere un'altra battaglia persa.
Ingoiamo l'ennesimo rospo che sarebbe troppo scomodo da sputare fuori. Mandiamo giù tutte le cose non dette che tanto non serve dirle a chi non le capisce solo guardandoci negli occhi.

E dai butta un altro po' dì polvere sotto il tappeto. E rifai le stesse cose da anni anche se hai visto bene che non servono a niente. Datti una rattoppata al cuore che si è riscucito anche stamattina. E metti in tasca quel rimpianto cerca di evitare per qualche ora di infilarci la mano per vedere se è ancora lì.

Prendi la tua spada per combattere ancora contro quei mulini a vento.

Poi lancia un desiderio nell'aria e aspetta che cambi il tempo.

FILM GIÀ VISTI

Mi sembra di guardare sempre lo stesso film
da quando sono nata
legata a una sedia
con gli occhi aperti
con lo scotch
e ho finito i fazzoletti
e il film è drammatico
e fa piangere ovviamente
e ora tu sembri il cattivo
e io quella che piange sempre
e rompe le palle
il personaggio perfetto
per un finale catastrofico

Aspettavo domani
e non è mai arrivato davvero
ho respirato per un po'
ma era solo una pausa
e quanto odio dio
che forse non è mai esistito

Questo mondo corre troppo forte
anche ora che sembra che dorme

Voglio scendere fermate tutto
è troppo tutto per me
passo
chiamate qualcun altro

io ho perso
e non voglio la rivincita
sono troppo stanca

Mi spettava un altro posto
un altro mondo
qui sono fuori fuoco
e brucio dentro

Amore guardami
forse ti ricorderai
di quando mi amavi così tanto
da vedere solo il bello

Ma tu ti volti dall'altra parte
e io so solo restare in silenzio.

MALEDETTA NEW-AGE

Hanno passato gli ultimi anni
a insegnarci come vivere nel presente
per essere migliori
per vivere meglio

Ci hanno lasciato senza futuro
senza progetti
senza sogni

E senza futuro si è macchine non persone
senza passato non si ha storia
senza storia rifarai gli stessi errori
perderai le buone occasioni

Il passato è una ricchezza
il futuro una benedizione

Falsi miti
maledetta new-age

Io e te con l'amore in mano che è diventato un vuoto a perdere
c'è tempo per domani dicevi
ma domani è già adesso
perché oggi non farai niente

che varrà la pena di essere ricordato
se non hai un futuro in cui lanciarlo

Avevamo mani piene d'amore
che non hanno piantato semi
e siamo incolti ormai
stiamo diventando terra secca
e mani asciutte
e pugni di sabbia

Mi dici che mi ami
ma l'amore è un sogno da lanciare avanti
non è una notte di passione
ma il desiderio che ce ne saranno altre
è immaginarsi vecchi
e ancora pieni di sorrisi
è creare ricordi
e dividersi il peso dei problemi
per farlo più leggero

Eravamo io e te quando mi dicevi ti porterò
ti farò vedere

L'amore è un verbo al futuro
il presente un inganno
che a malapena esiste
e insiste a tenerti fermo.

QUESTA NON È CASA MIA

Arrivo da un altro posto
che non ricordo

Non vi dirò del mio cuore spezzato
delle sue radici sparpagliate e frammentate
di chi ero quando avevo gli occhi grandi e volevo bene anche ai sassi
del mare che mi asciugava le lacrime di tutte le speranze interrotte
dei voli precipitati
di quelle altezze

Io sono di un altro posto
che non avevo scelto
e che poi ho scelto
io sono di un altro posto
che non conosco
in cui non ho saputo restare
e ora mi manca
io andavo in un altro posto
poi sono inciampata qui
e ho visto solo il bordo
Io vado sempre via
e qui non ci riesco

Non saprete mai di tutte le mie storie

e quante parole avevo dentro

Io ero un'altra persona
che non ricordo
e in questo specchio
non mi riconosco.

STRAPPAMI

Da questa terra incolta
come fossi ortica
e mangiami e rivomitami
su una spiaggia qualsiasi
tra la sabbia e la salsedine

Salvami da me stessa
uccidimi
e poi con un bacio rifammi viva
schiaffeggiami
e poi abbracciami
come se non mi vedessi da mille anni
da dieci vite
come se domani fosse solo notte
e oggi l'ultimo giorno che esiste

Tienimi ferma come se stessi impazzendo
finché non mi calmo

E lasciami piangere a singhiozzi
tra le tue mani
come se fossi tornata viva
da una guerra eterna

Dammi da bere
da mangiare
asciugami i capelli
dimmi che non devo dire niente

che possiamo stare in silenzio
che ti basterà guardarmi
per leggermi dentro

Sdraiati su di me
finché riuscirò a respirare
voglio sentire tutto il peso
del tempo che abbiamo perso

E poi spengi la luce
e tienimi la mano
finché non finisce il mondo.

SIAMO VECCHI

Non devi dirmi da che parte stare
ho ancora la mia testa per pensare
mi fai ridere
per non piangere

Siamo vecchi
siamo stanchi
siamo zombie
tutti quanti.

RITORNI

Quanto sei bella
Roma

Non mi ero accorta mi mancassi
così tanto

Quanto sei bella
anche se cadi a pezzi

Allora forse è vero
possiamo essere belli
anche se cadiamo in pezzi.

Karen Lojelo

MARGHERITA

Tutte le città del mondo

QUESTO MONDO

Margherita si è svegliata ed era tutto un silenzio ghiacciato.

Ghiacciate le lacrime che non riuscivano a scendere più, gelato il tempo, lo spazio e anche il suo sorriso.

Margherita ha sogni infranti precipitati giù da un tetto e schiantati a terra.
Altri si sono rotti piano con il tempo che passava a volte lento e a volte troppo svelto.

Altri si sono sciolti sotto l'ultimo sole che ricorda.
Questo mondo non è più lo stesso.
Non è solo lei che lo ha perso.

HO RIVISTO I MOSTRI

I nastri
gli abissi
i tuoi occhi
i miei pianti
gli schiaffi
le cadute
i pentimenti
i miei collassi

Ricordi di unghie e denti

Questo mondo è guasto
e forse anche io
che mi sono sempre sentita altro
un impiastro marcio
ho solo lacrime e affanno dentro
dietro la mia ombra
che ancora non conosco

Ma io volevo altro
chiedevo altro
ho gridato mi arrendo
e poi ce la faccio
ho superato di peggio
mi ripetevo

Ma non respiravo che fango
tutto quello che mi è rimasto dentro

dietro questo sorriso acceso e gli occhi brillanti
il mio posto è sempre in un altro

Sono felice adesso
sì che lo sei mi dico
eppure ancora piango solo al pensiero di perdere anche questo adesso

E per tutto quel passato sporco
fallito
perso
bruciato
afflitto

Per la bambina che ero
e che forse non ho salvato mai
neanche adesso
e mi dicono urla che non hai imparato a farlo
ma io non voglio
non posso
non so farlo
mi fa schifo solo immaginarlo
Sono sempre stata altro.

Karen Lojelo

SCUSAMI AMORE CHE NON TI HO MAI INCONTRATO

Se a volte non sono brava ad aspettarti
è che ci metti così tanto
e sono così stanca e così sola
e sei così lontano
ora più che mai
e se questa follia non finisse mai?

Scusami se cerco surrogati e mi arrampico sulle tue scuse
perdo la pazienza e non sembro più quella che resta

Scusami se piango ogni tanto e poi ti scrivo e mi arrabbio e poi mi pento e rimango

Se bacio un altro mentre ti penso

Se provo a vedere qual è l'effetto

Ma tanto lo sai nessuno dura più di un giorno
più di ventiquattro ore nessuno può reggere il tuo confronto

Mi manchi sempre anche mentre faccio finta di interessarmi ad altro

Faccio solo finta
devo pur passare il tempo mentre tu combatti contro i tuoi mostri ho i miei da tenere a bada e non ce la faccio
così fingo
faccio altro
ma poi va a finire che piango peggio
sei sempre stato così lento

Eppure ti ho sempre amato così tanto.

MARGHERITA E I MOSTRI

Margherita ride da sola per la strada non ha più paura di tutti quei mostri si diverte a stanarli.
Lei esce lo stesso. Gliene è sempre fregato poco delle regole di questo mondo.

Mangia con loro e sorride ora sa che sono preziosi.
Da da mangiare a nuove farfalle nere che volano di tanto in tanto nella sua pancia.

Canta.

Come chi è morto per ricominciare da capo.

Sta seduta su un muretto con le gambe penzoloni, osserva tutto, non muove un dito, ma lo guarda passare, accadere… si lascia attraversare.

Prende forza dalle sue emozioni, qualunque colore abbiano.

Margherita brucia e si gode l'incendio.

Sorride Margherita e lo sa il perché

Ha nuovi occhi anche se sono gli stessi. Questo Natale non la ucciderà. In fondo sa che rinascerà un'altra volta.

Ha imparato a farlo bene e se le chiedono chi sei adesso è bravissima a rispondere: Nessuno.

IL CERCHIO PERFETTO

Avrei voluto amarti
solo per potermi illudere
potesse bastarmi

Mi chiedi se parlo con te
oh no
io parlo sempre con chi non c'è

Il dado è tratto
tutto è finto
anche io che mi guardo in silenzio
cercando parole che ho perso

Indosso un'altra maschera
senza accorgermi
che non sono mai rimasta senza

Recito anche allo specchio
colpa di uno sguardo
che non ha mai fatto centro
aspetto ancora domani sai
anche mentre credo sia solo adesso

Fammi fare un altro giro di giostra
ti prego
tu che non esisti
in fondo è sempre stato solo un gioco
questo tutto

potrei andare a casa
ma non so dove si trova

Allora fa ripartire la ruota
farò finta di credere ancora a tutto
farò finta
in fondo non ho mai fatto altro
attori o spettatori fa lo stesso
metto un altro gettone e ricomincio
ho sempre creduto di arrivare
in qualche posto
ma la vita è un cerchio
mi ritrovo sempre qui
e ancora mi aspetto
se ci fosse Margherita t
i direbbe che hai vinto
tu che volevi sempre dimostrare
che niente avesse un senso

E riempimi il bicchiere adesso
domani mi racconterò di non aver mai capito tutto
questo.

Karen Lojelo

SOFFITTE

Margherita oggi se ne sta in soffitta
sconfitta
è crollato un altro sogno
ma domani ci riproverà
tenterà più forte
giusto il tempo di mettere qualche cerotto
leccare un po' le ferite
si alzerà in piedi come sempre
sarà più forte di prima
raccoglierà i cocci
troverà le parole giuste
lei si ricorda che alla fine avrà ragione

Non si arrende Margherita
in fondo non l'ha mai fatto
anche quando lo ha detto
è morta tante volte
sa tornare
sa aspettare
sente ancora un po' il dolore
ma quello le serve per capire
dove deve andare
si è accorta tanto tempo fa
che si può sempre ricominciare.

L'AMORE UCCIDE LENTAMENTE COME TUTTO IL RESTO

L'amore uccide lentamente
avevi ragione
ti fa credere che tutto è possibile
ti dà la forza di scalare le montagne a piedi nudi e mani piene e poi ti da una spinta quando sei quasi in cima e ruzzoli giù come una palla di pezza ricucita male

Ma era il tuo cuore ad essere ricucito male
non si è mai aggiustato
è stato questo il problema
eri rotta
eri difettata
eri usata e da buttare via

Ricordi? Siamo nell'epoca dell'usa e getta hai rotto con questa storia di rinascere
dovevi morire in pace e arrenderti
sempre questo ricominciare
guardati come sei stanca
non ti reggono più le ginocchia
il tuo cuore è una ventola rotta c
he sbatte su una porta

Guardati

È un altro maggio e non sai nemmeno più parlare
Sei un disco incantato che non riesce a girare
sei l'asfalto bagnato che ti manda fuori strada

È colpa tua
è sempre stata colpa tua
non c'è mai stato nessuno a tenerti la mano
te lo sei solo raccontato
e domani è arrivato tanto tempo fa
e tu lo hai sprecato
hai lasciato tutto quel che avevi per cercare altro
ma altro non c'è mai stato

Senti questo silenzio ora?
Sa di cioccolato bruciato
di spumante svaporato

Brinda al tuo fallimento
ora
brinda al tempo perso
alla fiducia mal riposta
alle speranze vane
che come erbacce ti hanno infestato
brinda adesso con il brandy del discount che usi per il risotto
brinda ai libri che nessuno ha letto
alle lenzuola usate male
all'amore che non c'è ma continua a mancare come se lo avessi sempre avuto accanto

Brinda al passato che non se ne è mai andato
a tuo padre che non ti ha amato
brinda senza bicchieri che sono tutti rotti
tutti cocci sul pavimento
brinda adesso se hai il coraggio
ai sogni sognati male
troppo soli
e troppo impossibili del resto

Brinda al futuro che non avrai
ai viaggi che non farai
al libro che non scriverai

Avevi mani troppo piccole e sogni troppo grandi
lo sapevi da sempre ma non hai mai perso il vizio di
continuare a sognarli

Diglielo che lo hai amato tanto
e ci hai creduto davvero
solo per poterci piangere meglio sopra
forse ora riuscirai a dimagrire
a scrivere ancora
ma sarà la solita storia
che fa piangere tutti e a te ora fa solo paura
non sei più forte
il tuo cuore barcolla
le gambe molli

Siamo stanchi e siamo vecchi
e non siamo mai andati a Port Cros
a vedere il raggio verde

Aspetti ancora quel caffè?
com'era il tempo quel giorno che non è mai arrivato?

Quanto fa male adesso che ti guardi allo specchio e non ti vedi più e vedi che è solo troppo tardi

Non riesci nemmeno a fare un respiro profondo

Com'è profondo il mare
quel mare che tanto amavi
forse solo per poterci affogare
e affogare tutto
il dolore
i ricordi
i sogni
i desideri
affogare quella stronza che ti ha tradito
e l'ennesimo amore che …
che non era
se
solo se
già
va beh
che dici?
Sei stanca ora, vai a dormire

Dici che non importa
non riesci nemmeno più così bene a soffrire

Negazione

Ecco sì
ora prova ad impazzire
sei solo sola e vorresti scomparire.

Karen Lojelo

MARGHERITA E UNA NUOVA ESTATE

Margherita l'ha sentita l'estate che è tornata
si guarda allo specchio ma non si vede più com'era
è diventata grande
poi è tornata piccola
ora vorrebbe solo essere una ragazza
come tante
diversa da tutte
ma le manca lo slancio
arranca

Da troppo tempo guarda il mondo solo nelle serie tv o
al massimo dalla finestra
forse preferisce sempre quello schermo dove succedono
grandi cose
mai banali

Vorrebbe rigettarsi nella mischia quando sarà possibile
poi si guarda i graffi sulle ginocchia
forse non sono mai guariti
forse non li ha mai disinfettati
guarda nell'armadio i vestiti colorati
che non ha più il coraggio di indossare

Le manca il mare
ha ordinato un costume
su un sito di cui non ricorda mai il nome

chissà se lo metterà mai
non le sono mai piaciuti i centri commerciali

Ogni tanto sogna di partire di nuovo
andare dove non la conosce nessuno
così potrebbe fingere di essere qualcun altro
e smettere di nuovo di avere paura

Margherita non non lo sa più cosa vuole
eppure aveva un piano ed era così chiaro
adesso lo guarda e pensa che forse stava bene prima
prima di tutto
quando credeva di non avere niente
e dover ancora immaginare tutto
smette di aspettare
di capire
le cose grandi non si possono contenere

Passerà anche questa malinconia insensata
quest'ansia inadeguata
ha combattuto battaglie peggiori
succederà qualcosa che la tirerà fuori
è arrivata l'estate
sorride
chissà se si potrà andare al mare…

IO E TE

Non eravamo di questo mondo
non saremmo sopravvissuti
qui forse avevamo un altro compito
che non abbiamo capito
stiamo ancora cercando
mentre pensiamo di aver sbagliato tutto

Non era amore no
l'amore è possesso qui
lui è di questo mondo
non era nemmeno solo la passione
era alchimia
con un pizzico di follia
tutta anima
e ci serviva il corpo per riempirla

Mi manchi spesso
forse perchè ora ho troppo tempo
tu che sei sempre stato altro
nessun compromesso
ma fa lo stesso
sei sempre qui
ci sei anche adesso e lo so
lo so che anche tu sorridi
perché lo sai
che ti dormo ancora accanto.

A MAGGIO

Tutti i miei vorrei
Tutti i tuoi non posso

Sembra un'altra vita
a volte ti ricordo
eri una promessa di domani
un domani che non arrivava mai

A volte ti sogno ancora
e nel sogno sei sempre tornato
o stai tornando

Vorrei ma non posso
potrei ma non voglio.

Mi dicevo sempre
a maggio
arriverà la primavera
cambierà tutto
una nuova fioritura

A maggio
e quanti ne ho aspettati e visti passare
sembra solo ieri
quello splendente
ma era solo il primo
di una sola stagione

Anche quest'anno è passato
senza fare alcun rumore
mischiato agli altri mesi meno raggianti
inosservato e silenzioso

Ma forse non è di maggio la colpa
sono io che non sono più tornata a maggio
e chissà dove sono adesso.

ARIA E SPINE

Dormimmo vicini
una notte sola notte

Ma tu non dormisti

Muovevi le tue mani nell'aria come ombre cinesi nel buio della stanza

Io nemmeno dormii

Contavo i minuti cercando di fermarli
terrorizzata dall'arrivo del mattino

Ci toccammo furtivi e sicuri

Una notte sola ci diede la vita

Ne memorizzammo ogni istante
ogni respiro
ogni movimento
ogni battito di ciglia
ogni parola
ogni carezza
ogni orgasmo
ogni odore

Avemmo tutto in una sola notte
una vita intera

tutte le vite possibili

Devo aver lasciato gli occhi nei tuoi occhi
e il tuo cuore nel trambusto finì nel mio

E così da quel giorno vedo il mondo dai tuoi occhi
e tu sai perfettamente cosa provo ogni momento

E tutto intorno sembra aria e spine

Forse sono ancora lì
che ti aspetto da mille anni
mentre tu aspetti il momento giusto

Forse a volte ti domandi
anche tu
se la realtà non sia
solo quella che inventammo quella notte
e tutto il resto intorno a noi
solo un racconto
che sa di aria
e spine.

L'AMORE DELLA MIA VITA CAMMINERÀ SEMPRE SU PEZZI DI VETRO

L'amore della mia vita parla piano
pensa i miei pensieri
scrive lunghe lettere
da lasciare sotto la porta al mattino
ha gli occhi stanchi ma pieni di sogni
che sono uguali ai miei
mi tiene la mano anche da lontano
mi cammina accanto

Abbiamo sempre guardato verso lo stesso punto

Prende appunti
e non si dimentica mai di mettersi in discussione
cammina lentamente
ma arriva lontano
sussurra parole nuove
ma le riconosco sempre

L'amore della mia vita
cammina sui carboni ardenti delle mie paure
senza bruciarsi i piedi
e tiene il cuore in tasca

ma lo stringe sempre con la mano
sa cantare
anche se dice di farlo male
non alza mai la voce
non ha mai saputo litigare
è il pezzo mancante del mio cervello
profuma di sapone
inventa mille storie e le sa raccontare
ha il dono di saper incastrare le parole
e creare universi
dove passeggiamo sempre insieme
è felice della mia felicità
crede in me
non sa essere geloso
perché conosce il suo valore immenso

Solo così posso chiamarlo amore

L'amore della mia vita vive in un sogno
in una casa bianca con il portico sulla spiaggia
da lì si vede il mare e noi
noi lì lo guardiamo insieme.

DI DRAGHI E MARGHERITE

Sono una principessa sbagliata
ti diceva Margherita
ma sono pur sempre una principessa
che aspetta ancora di essere salvata
e invece dormo con il drago

L'ho ammaestrato e legato a un guinzaglio
lui dice di amarmi
ma non capisce niente di quello che dico
come fa ad amarmi se non sa chi sono?

A te ti credevo perché tu mi conoscevi

Lui ama il mio seno
le mie cosce
e vede solo il colore dei miei occhi

Tu ci guardavi dentro
e vedevi l'abisso
e l'alba dentro di me

Chissà lui cosa crede di vedere
o forse mi conosce meglio di te

Mi annusa
mi segue

Sentirà la mia paura?
E quando ho fame lo libero e mi porta da mangiare

A volte lo amo mentre mi dorme accanto
e mi tiene prigioniera di questa illusione
al riparo da me stessa

Eppure aspetto ancora te
che un giorno mi verrai a salvare
con le parole giuste
che non riesco più a trovare.

NON MI AMI PIÙ?

Amore nuovo
eppure mi amavi
mi hai rimesso il colore negli occhi
e come mi guardavi mi rimetteva al mondo

Non ti amo più?
e questo mi distrugge
eppure ti amavo
fino a quello che sembra ieri

Eri tutto all'improvviso
per te avrei attraversato il fuoco
per te ho lasciato il mare
eri il sogno senza se e senza ma
mi leggevi i pensieri
o forse solo mi sembrava
o forse solo lo volevo così tanto
per dimenticare quel vecchio amore
eravamo perfetti
tutto futuro
niente passato
tutto nuovo
nessuna maledetta somiglianza
poi forse hai preso quel sogno
e lo hai spezzato senza accorgertene
mi hai tolto il futuro
Hai lasciato solo presente
senza progetti

credendo mi bastasse

Hai sporcato un foglio bianco
senza parole
con uno sguardo mancato

Eppure ti amavo
era un attimo fa
sei inciampato
perché sei così sbadato
e non hai visto che hai rotto un pezzo

Ci provo a riattaccarlo ma io non ci riesco
mi mancano le parole che non sai dire
il coraggio di guardare a domani che non hai trovato

Ora rivoglio il mare
eppure non ti so lasciare
forse vorrei solo vederti attraversare per me il mare
e riportarmi un sogno
da costruire insieme.

APRI GLI OCCHI MARGHERITA

Sei nella stessa storia, un'altra volta
sei sola
in una piazza
persa tra la folla
e la sua mano non c'è
nemmeno stavolta

Sei a piedi scalzi che cammini
su tutti quei vetri che ha lasciato lui a terra
lui che sapeva camminarci
tenendoti in braccio
e ti sembrava nulla
potesse più ferirti
dentro quei ricordi mai vissuti
la casa sulla spiaggia
è troppo lontana
ora e il vento sembra essersi fermato

Mi salverà la sua mano
Mi salverà la sua mano

Te lo ripeti come una nenia
non sei mai cresciuta
non sei mai stata piccola
sempre in quella terra di mezzo senza radici
senza materia

e sogni di affogare
perché solo nell'acqua
senti che finalmente
puoi galleggiare
e ti senti libera
perché non hai bisogno
di mettere i piedi per terra
per tenerti in equilibrio

Tu che coi piedi per terra
non hai mai saputo camminare

Lui che per raggiungerlo
dovevi solo chiudere gli occhi
e lasciarti trasportare

E allora forse è li che hai pensato
magari mi ci porterà il mare

Sì, mi ci porterà il mare…

ROVINE

Passeggiamo tra le rovine
per mano
e sembra una città di diamanti

Quanto tempo
quanta strada ho fatto
per ritrovarti
quanto sei stato fermo
ad aspettarmi?

Quante lacrime ho mischiato
all'acqua della vasca da bagno
quanto dolore ho finto
di non portare sulle spalle
per riabbracciarti
per rivederti

Ora sei qui
e ti vedo appannato
perché ancora piango
ma ora è tutto calmo
questa guerra ha distrutto tutto
ma noi no
brilliamo ancora
come quelle due stelle
che sembra siano sempre rimaste l
ì ferme
che ne sanno loro di tutto questo

non sono mai cadute
o forse stiamo guardando indietro
nel tempo
e già hanno smesso di esistere

Ma noi lo abbiamo sempre detto
che il tempo è solo un'illusione

Siamo rimasti sempre qui
forse
seduti in questo posto
da dove guardavamo il mondo
dentro un quadro
che avevano disegnato noi soltanto
entrambi
ad aspettarci
calmi
come adesso

Ti bacio con gli occhi chiusi
mentre mi guardi
e finalmente mi guardi
o è ancora ieri
e non ho mai avuto altro
il futuro mi tende la mano incerto
o sono io che tentenno
perché se potessi
resterei qui in eterno
dove tutto ha inizio
al principio
quando sapevo credere

ancora a tutto
accanto a te

Senza dire niente.

1001 MATTINI

Riposa amore mio
finalmente siamo nella nostra casa bianca
sulla spiaggia
in quel posto che non esiste
ma dove esistiamo io e te
da sempre
ieri non fa più paura
l’ho cancellato dalla lavagna
adesso abbiamo solo futuro
e poi dormi un po’ se vuoi
fà bei sogni
sarai quello che vorrai
sarai quello che sarai
saremo il vento che ci sposta i capelli
nessuno si ricorderà di noi
solo la novità tanto aspettata
mai immaginata
il tempo si è allargato
non ci corre dietro
lo abbiamo solo davanti
ci aspetta
possiamo riposarci un po’ vicini
abbiamo 1001 mattini.

FUTURO

Sono io
non sono io
ero io
forse
una parte
ma sarò altro
già lo ero
domani
ieri
adesso
anche se è già passato

Mangia poco
ridi spesso
piangi
quando hai bisogno
urla
ogni tanto
e poi fa pace con lo specchio
aspetta un po'
poi alzati
e va a prendere quello che aspetti
riposati
ma stancati qualche volta
se no non c'è gusto a stare fermi

Poi corri
corri che è tardi

e sei già arrivata in anticipo

Margherita respira
ti sei dimenticata di respirare
chiudi gli occhi

Lo senti il vento?
un'altra volta tutto sta per cambiare
è già cambiato
ti ricordi dov'eri tra vent'anni?

Se riesci a farlo
è proprio lì
che stai andando
.

SIAMO TUTTE MARGHERITA

(per Laura)

Con i colori dentro
bianche come la purezza che abbiamo perso
rosse
pazze d'amore come i suoi capelli
rosse piene di sangue come le nostre ferite
indaco come i nostri sogni lanciati nel cielo dove rimangono vivi e pulsanti
anche quando li perdiamo

Siamo gigli e papaveri
siamo morte
siamo vive
siamo tutto e ci sentiamo niente
siamo acqua che scorre e che ristagna
siamo lacrime salate e siamo il mare

Siamo vento che porta via e vento che riconsegna
la pioggia battente sui vetri d'inverno
che non da tregua
e tutti i segreti che tieni dentro

Siamo i suoi occhi quando ci guardava
e riusciva a vederci dentro
anche se solo per un momento

Io
io sono il profumo che annusai
dietro il collo che ricorderò sempre
perché mi è rimasto dentro

E sono il paesaggio che mi portava da te

Siamo tutte margherite
sopravvissute
anche a questo.

CONCLUSIONI

LIBERATEVI

Liberatevi dalle catene
dalle paure
dai sogni insegnati da altri

Svuotate i cassetti
dai desideri che vi hanno detto di desiderare
liberatevi dalle aspettative altrui
dalle convenzioni
dalle convinzioni
dalle credenze
dal voler avere fede smettendo di capire invece

Liberatevi dai te l'avevo detto
dai non ce la farai
dagli ideali copiati da altri
dalle strade sbagliate
da quelle che non vi appartengono
dall'idea di essere davvero
solo come vi vedono gli altri

Liberatevi dai vostri limiti
dateli a qualcun altro

Liberatevi dalle maschere
che indossate ogni giorno
per compiacere o per piacere
uscite dai ruoli
pensate prima di parlare

ma non ragionate troppo
seguite l'istinto

Liberatevi dalle ossessioni
dai timori
dalle ancore
mettete tutto in discussione
ma che sia tutto
per decidere se c'è qualcosa
che vale la pena di tenere

Liberatevi dai circoli viziosi
dagli errori già fatti
dalle strade già percorse
che giravano solo su sé stesse

Liberatevi dalle risposte prestampate
dalle domande
di cui in fondo non vi interessa la risposta
dai pesi morti e da quelli vivi

VI AUGURO

Vi auguro che domani sia un giorno nuovo
e non solo un nuovo giorno
di morire stanotte e rinascere davvero domani

Vi auguro desideri inconfessabili
vi auguro di essere terribilmente sfacciati
di chiedere l'impossibile
di osare
di mollare tutto
o andarvelo a riprendere
-quel qualcosa che volevate ancora-
di fare 101 cattivi propositi per questo nuovo anno
o anche buoni
ma che vi rendano dannatamente felici
e impauriti
perché le cose grandiose
fanno sempre un po' paura...

Vi auguro di essere ispirati
di ritrovare talenti perduti
grandi amori
di fare viaggi avventurosi
di perdervi
di ritrovarvi diversi
di addentrarvi nella foresta

O qualunque cosa vogliate veramente.

www.ingramcontent.com/pod-product-compliance
Lightning Source LLC
LaVergne TN
LVHW091307150826
845673LV00006B/1568

* 9 7 9 8 8 4 6 1 2 4 3 9 4 *